心

こころ

【日】夏目漱石 なつめ そうせき——著
竺家荣——译

時代文藝出版社
SHIDAI WENYI CHUBANSHE

图书在版编目（CIP）数据

心 / (日) 夏目漱石著 ; 竺家荣译. -- 长春 : 时代文艺出版社, 2020.1（2024.1重印）
ISBN 978-7-5387-6134-4

Ⅰ. ①心… Ⅱ. ①夏… ②竺… Ⅲ. ①长篇小说－日本－现代 Ⅳ. ①I313.45

中国版本图书馆CIP数据核字(2019)第127209号

心
XIN
[日] 夏目漱石 著　竺家荣 译

出 品 人：吴　刚
责任编辑：刘　兮
装帧设计：孙　利
排版制作：隋淑凤

出版发行：时代文艺出版社
地　　址：长春市福祉大路5788号　龙腾国际大厦A座15层　（130118）
电　　话：0431-81629751（总编办）　0431-81629758（发行部）
官方微博：weibo.com/tlapress
开　　本：640mm × 910mm　1/16
字　　数：162千字
印　　张：15
印　　刷：三河市万龙印装有限公司
版　　次：2020年1月第1版
印　　次：2024年1月第7次印刷
定　　价：35.00元

图书如有印装错误　请寄回印厂调换

上　先生和我

1

我一向叫他“先生”，所以此文中也这般称呼，而不公开他的姓名，这样对我来说更自然些，并非顾忌人言。每当回想起他的音容笑貌，我便情不自禁地想叫一声“先生”，拿起笔来时，心情亦然，我实在不愿使用那种生分的姓氏缩写。

我认识先生是在镰仓，当时我还是个少不更事的学生。趁着暑假去了海滨浴场的一位朋友给我寄来明信片，邀我一定去玩，于是，我决定筹钱前往。我用了两三天的工夫筹钱，谁知在镰仓待了不到三天，邀我去的朋友突然接到乡下来的电报，让他马上回去。尽管电报上说是他母亲病了，可是我那位朋友并不相信，因为老家的父母早已给朋友包办了一门亲事。可是，按现代人的习惯来说，他还不到谈婚论嫁的年龄，而且最关键的是，女方本人他没看上眼。所以，暑假本应回家的，他却故意跑到东京附近游玩来了。他把电报拿给我看，问我该怎么办。我也不知道该怎么办，如果他母亲真的病了，他当然应该回去。最终他还是回去了，如此这般，特意赶到这里的我就落了单。

距离开学还有些时日，我可以继续留在镰仓，也可以选择回去，我便决定暂且待在落脚的那家旅馆。朋友是中国[①]一个有钱人家的儿子，虽说不缺钱花，但毕竟还是个在校学生，在花销方面和我相差不大。所以独自留下的我，也省去了重新去找廉价旅馆的麻烦。

旅馆位于镰仓的一个偏僻之处，倘若打算去享受台球或冰激凌这类时尚的玩意儿，须穿过一条很长的田间小路，坐车去还得花费二十钱。不过，这一带坐落着不少私人别墅，且离海边很近，对于喜欢海水浴的人来说，可算是占据了有利位置。

我每天都去海边游泳。从熏得发黑的旧茅屋之间穿过去，一下到海滩，就能看见沙滩上蠕动着来避暑的男男女女。这场景不能不让我惊诧，原来这地方住着这么多城里人。有时候，海面上竟也会像澡堂里似的，浮着一片黑压压的脑袋。我虽然孤零零一个人，但也融入了这喧闹嬉戏之中，或随意躺卧在沙滩上，或在水里蹦来跳去，任凭海浪拍打着膝头，倒也快活自在。

我就是在这杂沓之中看到先生的。那时海边有两家茶屋，自从我偶然去了其中一家，后来就习惯去那家了。与长谷那一带拥有大别墅的人不同，没有专用更衣棚的避暑客们，就只有

① 中国：这里指日本的“中国地区”，位于日本本州岛西部。

使用这种公共的更衣场所了。他们除了在这茶屋里喝茶、休息之外，还在这里洗游泳衣、冲净身上的海水、寄存帽子和雨伞等等。我虽然没有泳衣，但也担心自己的随身物品被偷窃，所以每次下海前都把衣物寄放在那家茶屋里。

2

我在那家茶屋见到先生的时候，他刚脱去衣服准备下海。我当时正从水中走上来，风吹着湿淋淋的身子。我们之间隔着攒动的人头，若是没有碰到什么特殊情况，我可能会错过先生的。但是，尽管海边那么多人，我又是那么漫不经心，却还是立刻发现了先生，只因为他是和一个外国人结伴来的。

一进小茶屋，那个肤色异常白皙的西洋人，便立刻引起了我的注意。他把身上穿着的日式浴衣脱下来，往长凳上一扔，抱着手臂，面朝大海站在那里。他身上除了我们平时穿的泳裤外，什么衣服也没穿。这首先便让我觉得不可思议。两天前，我还去了由井之滨，在沙滩上长时间地观瞧外国人泡海水浴的情景。我坐在一个小沙丘上，旁边就是某旅馆的后门，在那段时间里，我看到许多男人洗过海水浴后，从海里走上岸来，并没有一个人露出身躯、胳膊和大腿，女人们更是将肉体遮掩起来。人们头上几乎都包着橡胶头巾，海面上浮动着一片深红色、藏蓝色或蓝色。对于刚刚目睹了这一景象的我来说，这位只穿着一条游泳裤，堂而皇之地站在大家面前的洋人着实稀罕。

过了一会儿，那个洋人扭头对自己身旁正弯腰捡东西的日本人说了一两句话，那个日本人捡起掉在沙滩上的毛巾，包在头上，两人就向海边走去。那个日本人就是先生。

出于好奇，我一直望着并肩走向海的两个人的背影。只见他们径直走进海水里，穿过远处礁石滩周围戏水的人群，走到较为开阔的地方后，两个人就游了起来。他们向远处游去，两个脑袋逐渐变小了。不久，又游了回来，一直游到岸边。回到茶屋后，也不用井水冲洗，马上擦干身子，穿好衣服，匆匆离去了。

他们走了之后，我仍然坐在长凳上，一边抽烟，一边呆呆地想着先生的事。我总觉得好像在哪里见过他，却怎么也想不起是在什么时候、什么地方见过。

那时候，与其说我是无忧无虑，不如说是百无聊赖。因此，第二天，在估摸着有可能遇到先生的时间，我又特意去了那家茶屋。这次没有见到那个洋人，只有先生一个人戴着草帽来了。他摘下眼镜，放在台子上，用毛巾包好头，就立刻下海去了。当他像前一天那样，穿过喧闹的人群，一个人游向远处时，我突然想要追上去。于是，我一直跑到海水溅到脸那么深的地方后，朝着先生挥动胳膊游了过去。可是和前一天不同，先生从意想不到的方向游了一条弧线回到岸边。结果，我的打算落了空。我上了岸，甩着滴水的手走进茶屋时，先生已经穿戴整齐，与我擦肩而过，走了出去。

3

第三天，我于同一时间来到海边，又遇见了先生。第四天也是一样。但是，我没有找到跟先生搭话的机会，也没有相互问候。而且看先生的做派，似乎不喜欢交际，他总是定时定点，颇有规律地超然来去，无论周遭多么热闹，似乎也丝毫引不起他的兴趣。最初同他一起来的那个外国人，后来再没有看见，先生总是一个人来。

有一次，先生照例迈着大步从海里上来，拎起脱在老地方的浴衣正要穿上，不知怎么搞的，浴衣上沾满了沙子。为了把沙子抖掉，先生背过身去抖了两三下浴衣。这时，放在衣物下面的眼镜从板凳缝里掉了下去。先生系好白底蓝花浴衣的宽腰带后，像是发现眼镜丢了，便急忙在附近寻找起来。我赶紧钻进凳子底下，拾起眼镜，先生说了声“谢谢”，从我手里接过眼镜。

翌日，我跟在先生后面下了海，然后跟着他朝同一个方向游去。游出二百多米时，先生转过头来和我说话。望向四周，辽阔的碧海上只漂浮着我们两个人，耀眼的阳光照射着目之所及的山山水水。我挥动充斥着自由与喜悦的臂膀，在水中飞快地游起来。先生突然停下来，仰面朝天地躺在波浪起伏的海面上，我也学着先生的样子躺在水面上。朗朗晴空，碧蓝如洗，阳光洒在我的脸上，我大声喊道："好舒服啊！"

过了一会儿，先生直起上身，恢复了泳姿，催促我说："该回去了吧？"我身体比较壮实，本想在海里再玩一会儿，可是先生这么一说，我立刻痛快地答应："好，回去吧。"于是我们又顺着原路游回了海边。

从那以后，我就和先生成了朋友，只是尚不知先生住在何处。

又过了两天，记得好像是第三天的下午，我在茶屋遇到先生的时候，先生突然问我："你打算在这里住很久吗？"我没有想过这个问题，一时间答不上来，便回答："我也不知道。"可是看到先生在微笑，我突然觉得不好意思起来，不由得反问道："先生呢？"这是我第一次叫他"先生"。

那天晚上，我去了先生下榻的旅馆。虽说是旅馆，却不同于一般的旅馆，那是一幢建在宽阔寺院内的类似别墅的建筑物。我还了解到住在那里的人并非先生的家眷。由于我老是"先生、先生"地叫他，先生露出了苦笑。我解释说，这是我对长辈的习惯叫法。当我向他打听前几天见过的洋人时，先生告诉我那个洋人性情古怪，现在已经不在镰仓了。闲聊一阵之后，先生说，奇怪的是，自己跟日本人都不大来往，却和那个外国人有交往。最后我对先生说，总觉得在哪里见过他，就是想不起来。那个时候，年轻的我暗中猜测先生是不是也有着同我一样的感觉，所以对先生的回答满怀期待。但是，先生沉吟片刻后说："我不记得见过你，怕是认错了吧。"我竟感到有些失望。

4

我是月末回到东京的，离开避暑地的时间比先生早得多。向先生告别的时候，我问他："今后可以常去府上拜访吗？"先生只是简单地答道："行啊，来吧。"那时，我自认为和先生已相当熟识，先生会说些更热情的话，所以这让人失望的回答多少伤了我的自信心。

先生常常做出这类让我失望的事。他似乎有所察觉，又好像全然不知。我一再重复着这种轻微的失望，却没有因此而离开先生，相反，每当我感到不安时，就更想接近先生。我想，只要我继续去了解先生，终有一天，我所期待的东西会完满地出现在我眼前的。虽说我很年轻，但我并不愿为所有的人这样热血沸腾，不知为什么，我只对先生一人产生了这种心情。直到先生已经去世的今天，我才明白，先生从一开始就没有讨厌我，他偶尔对我表现出的看似冷淡的寒暄和举动，并不是想疏远我的不快表现，而是内心有着创伤的先生，对于想要接近自己的人发出的警告——自己不值得接近，不要过来。拒绝别人亲近的先生，似乎在轻视别人之前早已轻视了自己。

我当然是打算回到东京就去拜访先生的。因为距离开学还足有两周的时间，我便想着开学前去看看先生。可是回来之后过了两三天，在镰仓时的那种心情就渐渐淡了下来，加之大城市五光十色的氛围与伴随着记忆恢复时的强烈刺激一道，深深地侵染了我的心。每当看到走在街上的学生们的面孔，我便感受到对于新学年的希望与紧张。我一时忘记了先生。

开学后，大约过了一个月，我的心情又松懈了下来，开始一脸欲求不满地在大街上转悠，想要得到什么似的环顾自己的房间。我的脑海里再一次浮现出先生的面庞，于是我又想去看望先生了。

第一次去拜访先生时，他不在家。第二次去，我记得是第二周的星期天。那天晴空万里，是个怡人的好天气，谁知先生又不在家。在镰仓时，曾听先生亲口说过，无论什么时候，他大抵都在家，更何况他还说过讨厌外出。可是我来了两次，两次都不得见，想起那番话，心里便涌出一股莫名的不满。我并没有马上离开，而是看着女佣的脸，犹豫不决地站在门口。这位女佣还记得我上次递过名片，便让我先等一下，自己又进了屋。接着，一位夫人模样的女人出来了，是一位很漂亮的太太。

夫人很客气地告诉我先生的去处。她说，先生有个习惯，每月的这一天，都要去杂司谷墓地祭奠一位逝者。“他刚刚出去了，大概有十来分钟的时间。”夫人满脸歉意地对我说。我点点头就离开了。我朝着热闹的街市方向走了没多远，突然想到，不妨我也顺便到杂司谷去散散步，说不定会遇到先生呢。出于这样的想法，我马上转身往回走。

5

我从陵园前面的苗圃左边走进去，沿着两旁种着枫树的道路一直往里走。这时，从陵园尽头的茶屋里突然走出一个先生模样的人，他的眼镜框映着阳光，我一直走到他的身边，猛地喊了一声“先生”。先生突然停下脚步，望着我的脸，说道：“怎么会？……怎么会？……”

他说了两遍同样的话，在白天的静寂中，这声音听起来有种异样的回响。我一时竟答不出话来。

“你是跟在我后面来的吗？怎么会……”

虽然先生的神色很平静，声音很低沉，但是他的表情中却有着难以形容的阴影。

我便告诉先生我是怎么到这里来的。

“我来给人扫墓，我妻子告诉你那个人的名字了吗？”

“没有，没有告诉我。”

“是吗？——是啊，她和你初次见面，当然不会说的，也没有必要说的。”先生露出安心的表情，可是我完全不明白他这话的意思。

先生和我穿过墓地，向马路走去。在标有“伊莎贝拉××之墓”“神仆洛金之墓”的墓碑旁边，立着一座写着“一切众生悉有佛性”的塔婆[①]。还有的墓碑上写着“全权公使××”。我在一个刻着“安德烈”三个字的小墓碑前问先生：“这个名字用外文该怎么念？”“我想，应该念作Andrew吧。”先生苦笑了一下说。

对于式样各异的墓碑，先生似乎并没有像我那样觉得滑稽，有讽刺意味。我指着圆形的墓石或细长的花岗岩墓碑，不停地说这说那。起初，先生还默默地听着，最后对我说：“看来，你还没有认真考虑过死的问题吧？”我沉默了，先生也没有再说什么。

墓地边缘挺立着一棵参天的大银杏树。走到银杏树下时，先生抬头望着高高的树梢说：“再过几天，就好看了。树叶都变黄了，这片地上会覆盖一层金色的落叶。”原来先生每个月都要从这棵树下经过一次。

前面有个人正在修整凹凸不平的土地，建造新的墓地，他停下手里的铁锹，望着我们。我们由此向左一拐，走上了马路。

我没有特别要去的地方，只是跟着先生走。先生的话比平时更少了，不过我并没有因此感到局促，只是跟着先生信步往前走。

“你直接回家吗？”

“嗯，也没有什么要去的地方。”

---

① 塔婆：立有塔形木牌的墓地。

于是两个人又默默地向南拐去，走下了斜坡。

“先生家族的墓地在那里吗？”我开口问道。

“不在。”

“谁的墓在那里？——是您的亲戚吗？”

“不是。”

先生不再回答什么了，我也就不再问了。走出大约一百米后，先生突然回答了我刚才的问题：

“那里有我一个朋友的墓。”

“您每个月都去给朋友扫墓吗？”

“是的。”

先生说完，那天我们就再也没有说话。

6

后来，我便常常去看望先生，每次去先生都在家。随着见到先生次数的增多，我也就越来越频繁地去先生家了。

可是，先生对我的态度，无论是最初的寒暄，还是深交以后，都没有太大变化。先生总是很沉静，有时沉静得过头而显得有些孤寂。一开始，我就发现先生有着让人难以接近的怪异之处。可是，越是这样，我就越想要接近先生。对先生抱有这种感觉的，或许只有我一个人吧。后来的事实证明了我独有的这种直觉，被人说幼稚也好，愚蠢也罢，能预感到这一点，至少使我为自己的直觉感到自豪和高兴。能够爱别人的人，不爱别人不行的人，然而当别人要投入自己怀抱时又不能张开双臂去拥抱对方的人——便是先生。

正如前面所说，先生始终是平静而沉稳的，但偶尔会有一缕奇妙的阴云掠过他的脸，就像鸟儿飞过窗外时的黑影，倏忽而过。我第一次发现先生眉宇间那瞬间出现的阴云，是那次在杂司谷墓地，自己冷不防喊他的时候。那一瞬间先生的异样表情，曾使我心脏里顺畅流动的血液都变得迟缓了。但那只是暂时的停滞，不到五分钟，我的心脏就恢复了正常的跳动，我也就忘记了这转瞬即逝的黯淡云影。使我突然又想起这件事，是十月小阳春过后不久的一天晚上。

我和先生聊天时，眼前突然浮现出先生指给我看的那棵大银杏树。我一估算，离先生每月固定去扫墓的日子还有三天，那天下午我正好没课，有时间出来，就对先生说："先生，杂司谷的银杏树叶已经落光了吧？"

"应该还没有变秃吧。"

先生这样回答时，盯着我的脸，好半天没有移开目光。我马上说：

"下次您去扫墓的时候，我可以跟您一起去吗？我想和您一起去那里散散步。"

"我是去扫墓，不是去散步的。"

"顺便散散步，不是挺好吗？"

先生没有说什么，好一会儿才回道："我真的只是去扫墓。”先生似乎一定要把扫墓和散步截然分开似的。这会不会是不想带我去的借口呢？我觉得那时的先生简直像个孩子似的不可理喻，所以就更想去了。

“好吧，扫墓也行，请带我一起去吧，我也去扫扫墓。”

我觉得区分扫墓和散步是毫无意义的。这时，先生眉宇间忽然一暗，眼中也露出异样的光，那仿佛是为难、厌恶、恐惧都无法表达的略带不安的神情。突然间，我清晰地回想起在杂司谷喊“先生”时的情景，这两次的表情完全相同。

先生说：“由于不能对你说明的某种原因，我不想和别人一起去那儿扫墓，连我妻子都没有跟我去过呢。”

7

我觉得无法理解，但我并不是为了研究先生才出入他家的，所以也没有再强求。现在看来，我当时采取的态度，算得上是我人生中很可贵的品格之一了。我想正因为如此，我才得以和先生保持这样一种充满人情味的交往。倘若我出于好奇心，哪怕是一点点，想去探究先生内心的话，那么连接在我们之间的那条同情的线，那时就可能会立刻断掉。我很年轻，并没有意识到自己的这种态度，也许因此才是可贵的。如果我误入禁区的话，还不知我们的关系会受到怎样的影响呢。想一想都觉得后怕。因为即便不这样，先生都在惧怕别人用冷静的眼光研究他。

每月我都要去先生家叨扰两三次。日渐频繁后，一天，先生突然问我：

“你为什么三天两头地到我这样的人家里来呢？”

“要说为什么，也没什么特别的原因。——只是，打扰您了吧？”

“没有打扰。”

先生确实没有流露出厌烦的样子。我知道先生交际面很窄，还知道先生住在东京的老同学，那时也只不过两三个人。虽说先生偶尔也和同乡出身的老同学在客厅聊天，但是他们给我的感觉，都不如我跟先生那么亲近。

“我是个孤独的人，”先生说，“很高兴你来看我，所以才问你为什么这样频繁来访。”

“这又是为了什么？”

我这样反问时，先生没有回答，只是看着我，问道：“你多大了？”

先生这样的回答，令我茫然不解，不过那时我并没有追究到底就回去了。而且不到四天的工夫，我又去看望先生了。先生一进客厅，就笑着说道：“又来了。”

“唉，又来了。”说着，我自己也笑了。

要是别人这样说，我肯定会生气。可是先生这样说，恰恰相反，我不但没有生气，反而觉得很愉快。

“我是个孤独的人，”那天晚上，先生又说了一遍前几天的那句话，“我是个孤独的人，也许你也是个孤独的人吧。我虽然孤独，但上了年纪，闷在家里也无所谓，可你还年轻，不会这样下去的吧？你一定是精力充沛得无处发泄吧？想要跟什么较较劲吧……”

“我一点儿也不觉得孤独。”

“没有比年轻的时候更让人感觉孤独的了，否则你为什么老往我家跑呢？”

这时，先生又重复了前几天说过的话。

“虽然你到我家来，但你仍感到孤独吧。因为，我没有力量让你从根本上摆脱这种孤独。很快，你就会朝别的方向去拓展你的空间；很快，你就不会到我这里来了。”先生这样说着，凄然地笑了。

8

幸好，后来的发展没有被先生言中。当时不谙世事的我，连先生这段话中那么明显的含意都没有听出来。我照旧去看望先生，不知不觉地在先生家的饭桌上吃饭了，后来又自然而然地发展到同先生的夫人说话了。

作为一个正常人，我对女人并非没有感觉。可是，从我有限的经历来看，我几乎没有同女人有过真正意义上的交往。不知道是不是这个缘故，我才会对大街上遇到的不知根底的女人特别感兴趣。前些日子在门前见到先生的夫人时，便留下了很美的印象。以后每次见面，都有同样的感受。可是除此之外，我对于夫人也没有什么特别要说的。

这么说并不是因为夫人没什么特点，而应该说是没有表现她特点的时机更恰当些。不过，我总是把夫人当作附属于先生的一部分来对待。夫人似乎也因为我是个来拜访自己丈夫的书生，而善意地对待我。因此，如果没有位于中间的先生的话，我和夫人便是毫不相干的两个人。所以对于刚刚认识不久的夫人，我除了觉得很美之外，再也没有别的感觉了。

有一次，先生招待我喝酒，当时夫人也在座，还为我们斟酒。先生好像比平时都高兴，对夫人说："你也喝一杯吧。"并把自己喝干的酒盅递了过去。"我……"夫人本想推辞，但还是勉为其难地接过了酒盅。她蹙起漂亮的眉头，抿了一口我给她斟的半杯酒。之后，夫人和先生开始了下面这番对话：

"真是稀罕啊，你平时可是很少让我喝酒的呢！"

"因为你不喜欢喝酒嘛。不过，偶尔喝一杯挺好，能够使人心情愉快。"

"一点儿没觉得愉快啊，只觉得辣。不过，看你的样子只要一喝酒就很高兴。"

"有时候很高兴，但不是每次都能这样。"

"今晚怎么样？"

"今天很愉快呀。"

"以后每天晚上都喝一点儿嘛。"

“那可不行。”

“还是喝一点儿吧，那样就不会觉得寂寞了。”

先生家里只有夫妇俩和一个女佣，我每次去，房间里都静悄悄的，从没听见过高声谈笑，以致有时我觉得屋子里仿佛只有先生和我两个人似的。

“要是有个孩子就好啦。”夫人对我说。

“是啊。”我虽然这样回答，可心里并没有产生任何共鸣。那时我还没有结婚生子，只觉得小孩子很烦人。

“要一个来给你，怎么样？”先生说。

“我可不要别人的孩子，你说是吧？”夫人又看着我说。

“孩子是永远都不会有的了。”先生说。夫人沉默着。

“为什么呢？”我问道。

“老天爷的惩罚呀。”先生说完，哈哈大笑起来。

9

据我观察，先生和夫人是一对恩爱的夫妻。我没有在先生家里生活过，自然不了解更深入的情况，但是先生和我在客厅时，有时候有事不叫女佣人，而叫夫人。先生总是回头朝隔扇那边叫一声：“喂，静（夫人名字叫静）。”我觉得先生的声音很温柔。夫人答应一声，走出来的样子也甚为贤淑。有时先生留我吃饭，夫人也在座的时候，他们之间的恩爱就表现得更明显了。

先生常常带夫人去听音乐会、看戏。而且，在我的记忆中，他们夫妻至少有过两三次为期一周的旅行。我现在还保存着先生从箱根给我寄来的风景明信片，以及去日光旅行时，寄给我的夹着一片红叶的信。

当时，我所看到的先生和夫人的关系，大致就是这样，只有一次例外。有一天，我像往常那样站在先生家玄关外，正准备叫门时，听到客厅里有人说话。仔细一听，那不是一般的聊天，很像是争吵的声音。因为先生家的客厅紧挨着玄关，我站在格子门前，至少听得出是争吵声，而且可以肯定，其中那个不时提高嗓门的男人正是先生。由于对方的声音比先生的低，听不出来是谁，但总觉得像是夫人，好像还哭了。我不知道发生了什么事情，站在大门外犹豫了片刻，就决定不叫门了，径自回了住处。

我心里突然涌起一股奇妙的不安，连书也看不下去了。约莫过了一小时，先生来我住处的窗下喊我的名字。我惊讶地打开窗户，先生在下面对我说："去散散步吧。"我掏出还裹在腰带里的表一看，已经八点多了。我回来后，没有换衣服，还穿着裙裤，所以很快便出门了。

那天晚上，我同先生一起喝了啤酒。先生原本没什么酒量，而且喝到一定程度还没有醉的话，他也不会非要喝醉为止。先生不是那种喜欢逞能的人。

"今天不行。"先生苦笑道。

“心情不好吗？”我担心地问。

我心里一直惦记着刚才那件事，如鲠在喉般不吐不快，想对先生直说，又觉得还是不说的好。这么左思右想的，显得心神不定。

“你今天晚上有点儿不对劲啊？”先生发问，“其实我也有点儿反常，你看出来了吗？”

我不知该怎么回答。

“是这样，刚才我和妻子拌了两句嘴，使得我这无聊的神经兴奋起来了。”先生又说。

“为什么……”我没说出“吵架”这个词来。

“妻子误解了我。我告诉她是个误会，她还是不肯罢休，我就生气了。”

“夫人是怎么误解先生的？”

先生根本没想回答我的问题。

“我要是她想象的那种人，就不会这么痛苦了。”

先生究竟有多么痛苦，也是我无法想象的问题。

10

回去的时候，我们默默无言，一条街又一条街地走着。后来先生突然开了口：

“坏了，我是气头上出来喝酒的，妻子一定很担心我。想来女人真是可怜，除了我之外，我的妻子就没什么可以依赖的人了。”

说到这里，先生稍微停顿了一下，但似乎并不期待我的回答，紧接着又说了下去：“这么一说，好像当丈夫的心理有多坚强似的，真是滑稽。我想知道，你是怎样看我的，我给你的印象是强者还是弱者呢？”

“感觉介于两者之间。”我答道。这个回答令先生有些意外，又沉默下来，继续往回走。

先生回家要路过我的住处，走到附近时，我觉得在路口和先生分手有些过意不去，就说：“我顺便陪您走到家吧。”先生马上伸手拦住了我。

“已经很晚了，你早点儿回去吧。我也得赶紧回家，为了我的太太。”

先生最后加上的这句“为了我的太太”神奇般地温暖了我的心，正是由于这句话，我回去后才安然入睡的。以后很长时间，我都未能忘记“为了我的太太”这句话。

由这句话我也知道了先生和夫人之间发生的风波，并不是什么大不了的事。后来不断出入先生家，我也大致推测出，那种情况是极少发生的。而且，有一回先生竟然对我发出了这样的感慨：

“这个世上，我只知道一个女人，那就是我的妻子，其他女子都不会使我动心。妻子也认定我是天下唯一的男人。从某种意义上说，我们本应该是最幸福的一对。”

现在，我已经忘记了我们当时在谈论什么，所以，也说不清先生为什么对我作这样的坦白。但是，先生认真的神色和深沉的语调，至今还留在我的记忆中。当时，在我耳中产生异样回响的是最后那句“本应该是最幸福的一对”。先生为什么不说肯定是幸福的，而说成应该是呢？这一点令我产生了疑问。尤其是先生说这句话时加重了语气，就更令我费解了。我不能不猜测，先生是否真的幸福，难道说应该幸福却不那么幸福吗？这不能不让我满腹狐疑。但是，这种疑惑也只是转瞬之间的事，很快就被我忘记了。

过了不久，我去看望先生，先生不在家，我便有了和夫人聊天的机会。那天，先生是到新桥去为一个从横滨乘船出国的朋友送行。那时候，一般去横滨乘船的人，大多是坐早上八点半发自新桥的火车。我需要向先生请教一本书，事先跟先生约定九点钟到先生家，先生突然决定去新桥送行，是为了还礼，因朋友头天特意来辞行。先生临走时留下话，说他很快就回来，要我等他。于是，我就进了客厅，等先生的时候，同夫人聊了起来。

11

那时，我已经是个大学生了，觉得自己和初到先生家时相比沉稳了些，而且同夫人也相当熟了。我和她相处并不觉得有任何拘束，便聊了很多，不过都是一般的闲聊，所以现在全忘了。我只记得其中谈到的一件事。不过，在谈此事之前，我想先交代一下：

先生是大学毕业，这我一开始就知道。但是，先生赋闲在家，却是我回到东京后过了一些时候才知道的。那时我就想，先生在家里怎么待得住呢？

先生是个不为世人所知的人，因此，对于先生的学问和思想，除了同他关系密切的我之外，是不可能有人满怀敬意的。我常说，这太可惜了。但先生却并不介意，只回答说："像我这样的人，不可能到社会上讲话的。"因先生的回答过于谦虚，我听着倒像是对社会的嘲讽。事实上，先生对那些现在已成名的老同学，常常毫不客气地进行批评。于是，我就抓住先生这一矛盾的表现，发了一通议论。我的精神与其说是反抗的，不如说是为人们非但不理解先生，而且还不以为然感到遗憾。那时，先生语气深沉地说："我是个没有资格为社会服务的人，没有办法。"先生的脸上清晰地浮现出某种深邃的表情。我不知道那是失望，还是不满或者悲哀，只觉得毅然决然得使我无言以对，没有勇气再说什么。

我和夫人聊天时，也很自然地谈论起了先生，最后落到了这个问题上。

"先生为什么只是闷在家里思考、学习，不到社会上做一番事业呢？"

"不行啊，他讨厌那些事。"

“就是说，他觉得那些事无聊？”

“他是不是这样想的，我是个女人，说不好。不过恐怕不是因为这个吧。他还是想做点儿事的，可总是办不到，所以才让人同情呢。”

“不过从身体来看，先生不是没什么病吗？”

“身体很好，什么病也没有。”

“那为什么不出去做点儿事呢？”

“那就不知道了。我要是知道，也就不会这么操心了。正因为不知道才更让人心疼呀。”

夫人的语气充满了同情，但她嘴边还是挂着微笑。在旁人眼里，我倒显得过于认真。我满脸困惑，不说话了。夫人像是突然想起什么似的，又说：

“他年轻的时候可不这样，年轻时完全不是这个样子，他完全变了一个人。”

“您说的年轻的时候，是什么时候？”我问。

“学生时代呀。”

“您从学生时代就认识先生了？”

夫人的脸上突然泛起了红晕。

12

夫人是东京人，这是先生和夫人自己曾经告诉过我的。夫人说过："说起来，我算是个'混血儿'呢。"因为她的父亲大概出生在鸟取[①]或其他地方，母亲却生在那时还叫江户[②]的市谷，所以她才半开玩笑地这样说。而先生则是出身于相距甚远的新潟县。因此，如果夫人在先生学生时代就认识先生了，那么显然不是同乡的关系。可是夫人红了脸，似乎不想再说下去，我也不好深究了。

从认识先生到先生去世，我在各种各样的问题上接触到了先生的思想和情操，但对他结婚时的情形却一无所知。有时，我从善意的角度来看这个问题，我想，先生是长辈，故而对于给年轻人讲自己的情爱史抱着谨慎的态度。有时，我也从消极的角度来想，觉得无论是先生还是夫人，和我比起来，他们都是在上一个时代的旧习俗里长大成人的，所以一涉及这类情史，就没有勇气坦率地暴露自己了。不过，这些仅仅是我的推测而已。但无论是哪种推测，毋庸置疑的是，他们两人的结

---

① 鸟取：东京西南方的一个县。
② 江户：东京的旧称。

合，必定是一段非常动人的罗曼史。

我的推测果然没有错。不过，我只是想象了爱情的一个侧面。在先生美好的爱情背后还有着可怕的悲剧，那个悲剧对于先生来说是多么惨痛，夫人却全然不知，至今依然一无所知，先生一直到去世都将此事瞒着夫人。先生在毁掉夫人的幸福之前，首先毁灭了自己的生命。

关于这个悲剧，我现在什么也不想说。由于这一悲剧而产生的他们之间的爱情，正如前面说过的，他们都没有对我提起过。夫人是由于谨慎起见，先生则有着更深的缘由。

只有一件事还留在我的记忆中。那是个樱花盛开的时节，我和先生一同到上野公园去赏花。在那里，我们看见一对漂亮的情侣，两人情意绵绵地相互依偎着在花下漫步。由于是在众目睽睽的公园里，很多去赏花的人都朝他们俩看。

“他们像是新婚夫妇啊。”先生说。

“似乎很恩爱呀。”我附和着。

先生连苦笑都没有露出，朝着看不到这对情侣的方向走去，然后问我：

“你恋爱过吗？”

我回答说没有。

“你不想恋爱？”

我没有回答。

“不会不想吧。”

“是的。”

“刚才看到那对男女时，你嘲笑了人家一句吧。在你的嘲笑里掺杂着你追求爱情，却又得不到的不快之音。”

“您听到了？”

“听到了。体验过美满爱情的人，会说出更温情的话来。可是……可是我告诉你，爱情即罪恶啊！你明白吗？”

我惊呆了，什么也没有回答。

13

我们走在人群中，人们个个都兴高采烈。穿过人群，走到既没有樱花也没有人群的树林之前，我们一直没有机会谈论这个问题。

“爱情是罪恶吗？”这时我突然问道。

“是罪恶，毫无疑问。”先生回答的语气和刚才一样坚定。

“为什么？”

“你迟早会理解的。不，不是迟早，应该说你已经理解了，你的心不是老早就在为爱情而跳动了吗？”

我审视了一下自己的内心，那里却意外地空虚，连想象的目标都没有。

“我心里连这样的对象也没有。我对先生没有隐瞒什么。”

“正因为没有对象你才心动的，你以为有了对象，心就能平静下来，所以想活动了。”

“现在还没到那个程度。”

“你不是觉得空虚才到我这儿来的吗？”

“也许是这样，可是这和爱情不同。”

“这是上升到爱情的一个阶梯，你是在准备和异性拥抱之前，先跑到同性的我这儿来了。”

“我认为这两件事的性质完全不同。”

“不，是一样的。我是个男人，无论如何都不能满足你。况且又有些特别的原因，更不能使你满足。我实在是过意不去，你早晚会离开我，到别的地方去，这是没有办法的事。我宁愿这样，可是……”

我忽然悲从中来。

“您认为我会离开您，我也没有办法，可我现在还没有这样的打算。”

先生根本不听我的话，他说：

“可是，不提防可不行，爱情是罪恶呀。你虽然在我这儿得不到满足，倒也没什么危险。不过——你知道吗，被女人的长发缠住时是怎样的心情？”

那种心情我能够想象到，却没有亲身经历过。不管怎样，先生所说的罪恶的意思我还是朦胧费解。我有点儿不高兴了。

“先生，请您把罪恶的意思说得清楚一些。否则的话，这个话题就到此为止吧，等我弄清楚罪恶的意思以后再说。”

“抱歉，我自以为跟你说了实话，可实际上却让你着急了。都是我不好。”

先生和我从博物馆后面向莺谷方向默默走去。从篱笆的空隙间可以窥见宽敞的庭院中茂盛的山白竹，显得十分幽静。

“你知道我为什么每个月都去杂司谷墓地给朋友扫墓吗？”

先生问得很突兀，而且明明知道我回答不了。我好一会儿没有说话，先生才发觉了似的说：

“我又说错了，我觉得不该让你着急，想解释一下，结果又让你着急了。真是没办法，这个问题就谈到这儿吧。总之爱情是罪恶的，你能明白吗？而且又是神圣的。”

先生的话我越来越听不明白了。但是，先生后来再也没有提起过关于爱情的话题。

14

我那时还年轻，喜欢钻牛角尖，至少在先生看来是这样的。对我来说，先生的话要比学校的讲义更有教益，先生的思想比教授的见解更为难得。一句话，洁身自好、少言寡语的先生，仿佛比站在讲坛上教导我的那些教授更了不起。

“不要过于迷恋我。”先生说。

“我是醒悟之后才这样想的。”我回答时充满了自信，而先生对我的自信却未加理睬。

“你是一时头脑发热，热情一退就会厌倦的。你现在的盲目迷恋，使我感到痛苦。预感到今后将会发生在你身上的变化，我就更加痛苦了。”

“您认为我那么轻浮，那么不值得信任吗？”

“我是同情你。”

“您的意思是说同情我，但不能信任我，对吗？”

先生为难地望着院子。庭院里，不久前还开满枝头的深红色茶花，现在一朵也看不见了。先生喜欢从客厅里凝望茶花。

“我说的不可信任，并不是说不信任你，而是不信任所有的人。”

这时，篱笆外面传来卖金鱼的吆喝声，此外没有任何声响。从大街拐进来足有二百米深的这条小巷格外清静，房间里也像平时那样静悄悄的。我知道夫人就在隔壁房间，也知道她正默默地做着针线活儿什么的，能够听见我说话的声音。但是我完全忘记了这一点，竟然问先生：

“那么连夫人也不能相信吗？”

先生神色有些不安，没有直接回答我的问题：

“我连自己都不信任，也就是说自己无法相信自己，所以也就变得无法相信别人了。除了诅咒自己，我没有别的方法。”

“如果想得那么复杂，那就没有人是靠得住的了。”

“不，不是想，而是实际做了。做了之后，我很吃惊，而且觉得很可怕。”

我正想顺着这个话题再问下去，这时听到夫人在隔扇后面叫“先生，先生”。叫到第二声时，先生问：“什么事？”“你来一下。”夫人把先生叫到隔壁去了。我不知道他们之间有什么事，我还没来得及多想，先生就很快回到了客厅。

“总之，不要太相信我噢。太相信的话，迟早会后悔的。而且由于自己受到欺骗，最终会导致残酷的报复。”

“您这话是什么意思呀？”

“因为曾经跪拜在对方面前的屈辱回忆，将使你把脚踏在他的头上。我是为了不受将来的屈辱，才拒绝现在别人的尊敬的。我宁愿忍受现在的孤独，也不愿忍受将来更深的孤独。我们生在充满自由、独立和自我的现代社会，就必须付出品尝这种孤独的代价。”

对于抱有这种想法的先生，我不知该说什么好。

15

以后，每当见到夫人，我都很担心，先生对夫人难道也一直是这样的态度吗？果真如此的话，夫人会满意吗？

夫人的神情叫人猜不透她是否满意，因为我也没有更多的机会接近夫人，而且她每次见到我，又总是表现得一如平常。

况且，若是先生不在家，我和夫人也很少见面。

更加令我不解的是，先生对于人性的这种看法是怎么产生的。难道这只是他以冷酷的目光内省自己、观察社会的结果吗？先生善于坐着思考，那么，只要有先生那样的头脑，坐在家里思考人生，就会自然而然地产生这种看法吗？绝非如此。先生的看法似乎是鲜活的，它不同于被火烧过的冰凉石头房屋的空架子。在我眼里，先生的确是一位思想家。但是，在这位思想家归纳出来的主义里，似乎编织进了沉痛的事实，这些事实不是同自己无关的别人的事，而是蕴含着某种令人痛彻肺腑、热血沸腾、脉搏停跳的真实。

这并非我的臆测，先生已经这样坦白了。只不过他的坦白犹如山巅缭绕的云雾一般朦胧，在我的头上笼罩了难以名状的恐怖之物。而且，连我自己也不明白，这些坦白究竟为什么可怕。先生的坦白是朦胧的，却又显而易见地震撼着我的神经。

依据先生的这种人生观，我也设想过先生或许有过一段惊天动地的热恋经历（当然是发生在先生和夫人之间），联想到先生说过的“爱情即罪恶”这句话，多少算是个线索。但是先生告诉过我，他很爱夫人，可见这种近于厌世的念头，绝不可能产生自他们两人的爱情。“曾经跪拜在对方面前的屈辱回忆，将使你把脚踏在他的头上”，先生这句话只应该用在现代人身上，若用在先生和夫人之间似乎不太恰当。

杂司谷的那个不知什么人的坟墓也常常出现在我的记忆中，我知道那个墓和先生有着很深的渊源。虽然，我不断地接近先生的生活，却又难以靠近，但作为先生记忆里的一个生命片段的那座墓却刻印在了我的脑海中。然而，那座墓对我来说完全是死物，绝不会成为打开我和先生之间生命之门的钥匙，它倒像是个伫立在我们之间的怪物，妨碍着我和先生的自然交往。

过了一段时间，我又有了和夫人面对面说话的机会，那正是白天日渐缩短、寒意袭人的秋季。近三四日来，先生家附近的人家接二连三地失窃，而且大都发生在天刚黑的时候。虽然被盗的不是什么太贵重的东西，但是被贼光顾的人家总会被偷走点儿什么。夫人被此事搞得心神不宁。可就在这个节骨眼儿上，先生有事，晚上要出门。因为先生有个在外地医院做事的同乡进京，先生要同另外两三个人在某处请这位老乡吃饭。先生跟我说明了原委，拜托我帮他看家，直到他回来。我马上答应了。

16

我去的时候是将要掌灯的傍晚，一向守约的先生已经不在家了。“他怕去晚了，刚刚出门。”夫人说着，把我请进了先生的书房。

书房除了书桌、椅子之外，还有书柜，灯光透过书柜的玻璃照着一排排漂亮的书脊。夫人让我坐在火盆前铺着的坐垫上，说：“请在这儿看看书吧。”说完就出去了。我就像是等候主人回家的客人一样，拘谨地坐在那里抽着烟。这时，听见夫人在茶室对女佣说话的声音。书房在茶室的檐廊尽头拐角处，从房屋的位置来看，这个偏远的角落比客厅要安静得多。夫人对女佣说完话之后，便没有了声音。我心里惦记着小偷，屏气凝神地留意着周围的动静。

约莫过了半个小时，夫人又到书房门口探头看了看。她“哎呀”了一声，用有些惊讶的眼神望着我。大概是看我像个客人似的正襟危坐的样子，觉得很好笑吧。

“你不用太拘束。”

“不拘束。”

“觉得无聊吧？”

“不无聊，心里总惦记小偷会不会来，也就不觉得了。”

夫人端着红茶，笑吟吟地站在门口。

“这屋子太偏，不适合看家。”我说。

“真是对不起，那就请到茶室这边来吧。我以为你觉得无聊，就送了碗茶来，如果茶室合适的话，请在那儿用茶吧。”

我跟着夫人出了书房。茶室里，铁壶在锃亮的火盆上咝咝作响。夫人请我吃了茶点，夫人怕喝茶睡不着觉，没有喝。

“先生还是常常出门赴这样的聚会吗？”

“不，很少出去。近来他好像越来越讨厌和人见面了。”

夫人说话时，并没有显出不悦的样子，我就壮着胆子问道：

“那么，只有夫人是例外吧？”

“不是的，我也是被他讨厌的一个。”

“那不是实话，”我说，“我看夫人明知那不是实话，故意这样说吧。”

“为什么这么说？”

“让我说的话，先生就是因为喜欢夫人才厌恶这个社会的。”

“你不愧是个做学问的人，很会强词夺理啊。按照你这个逻辑，不是也可以说，因为他厌恶这个社会，所以连我也一起讨厌了吗？一样的道理。”

“这两种说法都说得过去，不过，在这个问题上，我是正确的。”

“我不喜欢争论。经常看到男人们争论不休，好像多有趣似的，居然拿着空酒杯没完没了地推杯换盏。”

夫人的话有些尖刻，但绝不到刺耳的程度。夫人不是现代人，因而才会通过显示自己是个有头脑的人，寻求某种自尊。比起争论来，夫人似乎更珍视内心深处的安宁。

17

本来我还有话要对夫人说，可是又担心被夫人看成是个爱争论的人，便克制住自己，盯着喝干的茶杯不再言语了。夫人怕慢待了我，便说道：“再喝一杯吧。”我马上把茶杯递给她。

“要几块？一块，还是两块？”

夫人很灵巧地捏了一块方糖，望着我的脸问道。她的表情虽说不上是讨好，却充满了想要缓和刚才的生硬态度的娇媚。

我默默地喝着茶，喝完了还是一声不响。

“怎么一下子这么沉默了？”夫人问。

“一说话就会挨说，显得特别喜欢争论似的。”我答道。

“怎么会啊。”夫人又说。

借着这个话头，我和夫人又聊了起来，聊的还是两个人都感兴趣的先生。

“夫人，可以让我再接着刚才的话往下说吗？在您听来也许是强词夺理，可我并不是毫无根据地信口胡说。”

“那你就说吧。”

“如果夫人突然不在了，先生能像现在这样活下去吗？”

“我怎么能知道啊？你呀，这种事只能去问先生，不该来问我呀。”

“夫人，我可不是开玩笑，您不要回避，您一定要诚实回答。”

“是诚实的呀，说实在的，我不知道啊。”

“那么，您有多爱先生呢？这个问题与其问先生，不如问您吧。”

“你不要这么煞有介事地问这个好不好！”

“我没有煞有介事地问哪，您的意思是说我已经知道了吗？”

“是啊。”

“如果这么忠实于先生的夫人突然不在了，先生会变成什么样子？对社会的各个方面都觉得无趣的先生，倘若您突然不在之后会怎样呢？我说的不是从先生的角度看，而是从您的角度看，先生是会幸福还是会不幸呢？”

“从我这方面看，我可以告诉你（也许先生不这样看），他若是离开我，只能变得不幸，或者会生活不下去的。我这样说，显得很自负，可是我相信，现在只有我能够使先生过得尽可能幸福。我相信，没有人能够像我这样使他幸福，正因为如此，我才能这样平静。”

“我觉得夫人的这种信念，应该反映在先生心里呀。”

“那是另一个问题了。”

“您是想说先生厌烦您吗？”

“我并不认为他厌烦我，他没有厌烦我的理由。但是，他厌恶社会，近来又由厌恶社会发展到厌恶人，所以作为人类一分子的我，怎么可能得到他的好感呢？”

我终于理解了夫人所说的被厌烦的含意。

18

我对夫人的理解力很佩服，她那不同于旧式日本妇女的做派，也给予我某种刺激。夫人几乎没有使用过当时流行的所谓的时髦词儿。

我是个从未与女人有过深交的古板青年，只是出于男人对异性的本能，常常怀着憧憬，梦想女人，但那不过是眺望令人眷恋的春云般的心情、朦胧的梦想而已，所以一旦面对女人，我的感情往往会突然变化。但是我不会被出现在自己面前的女人所吸引，越是这种时候，我越会产生奇妙的逆反心理。可面对夫人时，却丝毫没有这种感觉，也从未感觉到横亘在男女之间的那种思想上的差距。我忘记了夫人是个女人，我只是把夫人看作先生忠实的批评者和同情者。

“夫人，前些日子我问您，先生为什么不参与些社会活动时，您当时说，他原来不是这样的。”

“说过，的确不是这样的。”

“那时是什么样的呢？”

“就像你所希望的那样，也像我所希望的那样，他是个有抱负的人。”

“怎么突然就变了呢？”

“不是突然，是逐渐变成这样的。”

“那期间，夫人一直同先生在一起吧？”

“当然在一起啦，我们是夫妇啊。”

“那么先生变成这样的原因，您应当很清楚了。”

“就是因为搞不清楚，才感到难过啊。你这样说，真让我难受。我怎么想也想不明白，不知求过他多少次了，请他告诉我。”

“先生怎么说？”

“他老是说‘没什么可告诉你的，你也不必担心什么，我只是变成这个样子了’，不作任何解释。”

我沉默了，夫人也不再往下说了。女佣所在的房间里一点儿动静也没有。我把小偷的事都给忘了。

“你不认为我有责任吗？”夫人突然问我。

“不。”我答道。

“你坦率地说吧。被别人这么看，比杀死我还痛苦。”她又说，“我自认为为他做了自己该做的一切。”

“先生也一直是这么看的，您就放心吧，我可以保证。”

夫人扒拉平了火盆里的灰，然后把水罐里的水续进水壶，水壶马上不响了。

“我终于忍受不住，问了先生‘我有什么不对的地方，你尽管说吧，不要有顾虑，能改的我一定改’。可是先生说‘你哪里有什么错，错全都在我’。我伤透了心，哭了起来，越发想知道自己哪里有过错了。”

夫人的眼睛里满含着泪水。

19

起初，我是把夫人当作有理解力的女性来对待的，在谈话过程中，我发现她的神情渐渐变了。夫人虽然仍在向我的头脑倾诉，却开始打动我的心了。虽然夫人觉得自己和丈夫之间没有任何隔膜，也不应该有隔膜，却又分明有着什么，然而她睁大眼睛想仔细看个究竟时，还是什么也没有。这就是令夫人深感痛苦的症结所在。

起初，夫人断言先生是以厌世的眼光观察社会，因而也厌弃了她。她虽然这样断言，却又不能淡然处之，追根究底，从相反的角度来思考，推测大概是先生由于厌弃她，最终发展到厌弃社会了。可是无论怎样费尽心思，夫人都找不到事实来佐证这个推测，先生对她向来温柔体贴，作为丈夫无可挑剔。将这个疑团用日复一日的夫妻之情包裹起来，悄悄地埋在心底的夫人，那天晚上，在我面前把这个包裹打开了。

“你怎么想？”夫人问，“他是因为我才变成那样的，还是像你所说的，是人生观什么的促使他变成那样的？请你毫不隐瞒地告诉我吧。”

我什么都不想隐瞒，但是，如果这里面存在着我所不知道的隐情，那么无论我怎样回答，也不会令她满意的，而且我确信这里面有着我所不知道的情况。

“我不知道。”我回答。

一瞬间，夫人的脸上露出了期待落空时的可怜表情。我赶紧补上一句话：

“但是我可以保证先生没有厌弃夫人，我只是如实地把先生亲口说的话传达给您，先生不是个说谎的人吧。”

夫人什么也没有回答，过了一会儿说：“其实我也猜到了一点儿，不过……”

“是关于先生变成现在这样子的原因吗？”

“是的，如果真是那个原因的话，就没有我的责任了，所以只要弄明白这一点，我就可以解脱了……”

“怎么回事？”

夫人顿了顿，凝视着放在膝上的自己的手，说：“我说，你来判断吧。”

“只要是我能判断的。”

“可是不能全说，全说了要挨骂的，只能说不会挨骂的内容。”

我紧张得咽了口唾沫。

“那还是先生上大学的时候，他有个非常要好的朋友。那个朋友在临近毕业时死了，死得很突然。”

夫人对着我的耳朵小声说：“其实是自杀。”听她这么说，我不能不反问一句：“为什么？”

“只能说这么多了。发生了那件事以后，先生的性情就渐渐变了。他为什么死，我不知道，恐怕先生也不知道吧。

但是，一想到从那以后，先生就变了，也不能不让人这么猜测。”

“杂司谷的墓，就是那个人的吧？”

“这也是不能说的。可是一个人仅仅因为失去一个好朋友，就会发生那么大的变化吗？这是我最想知道的，所以想请你帮我判断一下。”

我的判断，倒是倾向于否定的。

20

我想用我所能找到的事实来安慰夫人，夫人似乎也希望从我这里尽可能得到些安慰，所以我们长时间地谈论着这个问题。可是，我完全没有把握事情的全貌，而夫人的不安，其实也是从雾霭般的疑云中产生的。至于事情的真相，夫人自己也有很多不知道的，即使她知道的那部分也不能全都告诉我，因此劝慰夫人的我和被劝慰的夫人，都在困惑不解的波浪上漂来荡去，在漂浮中夫人拼命地伸着手，想要抓住我这个靠不住的判断。

十点左右，玄关外传来了先生的脚步声，夫人就像突然忘了刚才的一切似的，丢下我，赶紧站了起来去迎接先生，几乎和打开隔扇门进来的先生迎面碰上。被丢下的我，也跟着夫人起身迎接先生，只有女佣大概还在打盹，一直没出来迎接。

先生的心情很好，而夫人似乎更兴奋。刚刚夫人那漂亮的眼睛中还闪烁着泪花，漆黑的眉头还紧蹙着呢。我仔细地打量着夫人这一百八十度的变化，如果不是做戏的话（实际上我并不认为这是做戏），那么刚才夫人对我的倾诉，就只能让人理解为是女人为了玩弄感伤，佯装出来的无聊之举。不过，当时我并没有想要责怪夫人，我看到夫人的神色突然变得如此兴奋，反倒放心了。真是如此，我也就无须那么担忧了。

先生笑着问我："让你受累了，小偷没来吧？"接着又打趣道："小偷没来，你很扫兴吧？"

我要回去时，夫人对我说："真是对不起。"这句话的口气颇有些调侃的味道，听起来像是在说，浪费了我的宝贵时间很抱歉，但更像是对我专程来蹲守却没碰上小偷而表示遗憾似的。她一边说，一边用纸包上刚才吃剩的点心，塞在我手里。我把点心装进和服袖子里，告辞出去，快步穿过夜深天寒、行人稀少的弯曲小路，朝热闹的大街走去。

我从记忆中抽取出那天晚上的事情，详细地写在这里，因为我认为有写下来的必要。不过说心里话，当我带着夫人给我的点心回去时，心里并没有那么看重那晚的谈话。第二天，我从学校回来吃午饭，一看见昨晚放在桌上的点心包，马上从里面拿出涂了层巧克力的茶色蛋糕，香甜地吃了起来。吃点心的时候，我深深体味到送给我点心的男女二人，的确是这世上一对幸福的夫妻。

秋去冬来，一直没有什么值得一提的事情。我去先生家时，还顺便请夫人帮我浆洗、缝补衣服。我从来没有穿过贴身内衣，从那时开始，我穿起了衬衫，外面还套了件有黑色领子的衣服。夫人没有小孩，总是说帮我做点活儿，可以打发时间，也有益于保养身体。

“哟，这还是手工织的呀，我还从来没有缝过质地这么好的衣服呢。就是不太好缝，针都扎不进去。为了缝它，还折断了我两根针哪。”

就连夫人这样诉苦的时候，都没有流露出一丁点儿嫌麻烦的神情。

21

冬天来临的时候，我临时有事必须回老家一趟。母亲在来信中写了父亲病情的发展，似乎不太乐观，最后附上了一句：虽然眼下还过得去，但毕竟上了年纪，你尽可能抽时间回来看看。

父亲很早就患了肾病，就是中年人常患的那种慢性病。不过，父亲和家里人都相信，只要小心调理，就不会突然加重。所以一有客人来访，父亲就向客人夸口说，幸亏他懂得些养生之道，才对付到了今天。据母亲信中说，父亲到院子里去干活的时候突然晕倒了。家里人误以为是轻微的脑溢血，马上进行了抢救。后来经医生诊断，并不是因为脑溢血，还是肾病的缘故，大家这才把晕倒和肾病联系了起来。

离寒假还有一段时间，我本想学期末再回去也无妨，便拖了一两天，可是这一两天来，父亲卧床不起的样子、母亲忧虑的面容时时浮现在眼前。每当此时，我就感到心里不安，便下决心回家。为了省去家里寄路费的手续和时间，我到先生家去告别的时候，顺便请先生为我垫付一下所需的钱。

先生有些感冒，懒得去客厅，让我到他的书房里去。入冬以来少见的温暖而柔和的阳光，透过书房的玻璃门照到了书桌上。先生在这间光线好的房间里放了一个大火盆，放在火架上的脸盆冒着热气，以防呼吸困难。

“还不如得场大病呢，小小的感冒叫人讨厌。”先生苦笑了一下，望着我的脸。

先生从未生过什么大的病。听先生这么说，我直想笑。

“感冒什么的我还能忍受，再重一点儿的病我可就受不住了。先生也是这样吧？您亲身体会一下就知道了。”

“是吗？我觉得要是得病，最好得个致死的病。”

我没有接先生的话茬，谈起了母亲的来信，向他借钱。

“你一定很犯愁吧。这几个钱，我手头上应该有，你拿去用吧。”

先生叫来夫人，让她把钱如数拿给我。夫人去了里屋，从橱柜抽屉里取来钱，整齐地放在一张白纸上，说：“你很担心吧？”

“是晕倒过好几次吗？”先生问我。

“信上什么也没提。这种病经常会摔倒吗？”

“是啊。”

这时我才知道，夫人的母亲也是患了跟我父亲相同的病去世的。

“反正是很难好了吧。”我说。

“是啊。我倒是真希望能代替他呢。他呕吐吗？”

“信上什么也没写，大概没有吧。”

“只要不呕吐，就不要紧的。”夫人说。

我乘那天晚上的火车，离开了东京。

22

父亲的病不像想象的那样严重。不过，我到家的时候，他还是盘腿坐在被褥上，说：“大家都不放心，我也只好这么待着不动。真是的，完全可以下地了嘛。”第二天开始，父亲就不听母亲的劝阻，非要让她把被褥给收拾了。母亲拗不过父亲，只得一边叠着土布被子，一边对我说：“你爹一看你回来，马上就来了精神。”我也没有感觉父亲的动作有多么吃力。

哥哥在很远的九州做事，不到万不得已的时候，是不能轻易回来看父母亲的。妹妹嫁到了外乡，除非特别要紧的事，不然也不是一叫就能回来的。兄妹三人中，最痛快的还是我这个学生，我能按照母亲的嘱咐，撂下学校的课业，在放假之前赶回来，令父亲非常满足。

“这点儿病就让你请假回来，真不应该，都怪你妈写信太夸大了。”

父亲不光嘴上这样说，还叫母亲把一直铺着的被褥收拾起来，表示他像平时一样健康。

“你也不能太大意，不然又得复发，那就不好了。”

对于我的提醒，父亲显得很高兴，又有些不大在乎。

“没关系，只要像以前那样，多留点儿神就是了。”

父亲的病好像不太要紧，他在家中随意走动，既不喘也不觉得眩晕，只是脸色比正常人差多了。不过，这也不是现在才有的病状，所以我们也没有特别放在心上。

我给先生写了一封信，感谢他借给我钱，告诉他等过了年回东京时，就把钱还给他。还写了父亲的病并不像担心的那么严重，暂时可以放心，晕眩和呕吐之类的现象都没有……最后还问候了一句“先生的感冒好了没有”，其实我并没有怎么惦记他的感冒。

给先生写信的时候，我根本没有想到先生会回信。信发出去以后，我一边跟父母讲述这位先生的事，一边遥想着先生的书房。

“下次去东京，给他带些香菇吧。”

“好的，不知先生吃不吃这种干香菇。”

“虽然不大好吃，可也没有人不喜欢吃吧。”

我觉得把香菇和先生联系起来很是别扭。

接到先生的回信时，我有点儿意外，尤其是看到信里没有什么要紧的事，更让我惊讶。我觉得先生回信只是出于对我的关心，这样一想，这封简短的回信使我高兴万分，这毕竟是我接到的第一封先生的信。

我必须说明一下，我一说这是先生的第一封信，恐怕会让人误以为我和先生之间的书信往来一定很多，事实并非如此。先生生前，我只接到过他的两封信。其中一封就是现在这封简短的回信，另外一封则是先生死前特意给我写的一封很长的遗书。

由于父亲的病不能太走动，所以下地后，也几乎没到户外去过。只是在一个天气特别暖和的下午，父亲到院子里去了，我怕万一出事，紧跟在他身旁。为了安全起见，我让父亲扶着我的肩走路，父亲笑了笑，没有扶。

23

我常常和无聊的父亲下将棋[①]玩。父子俩都很懒散，所以

① 将棋：又称日本象棋，一种流行于日本的棋盘游戏，近似我国的象棋。

一边烤着被炉一边下棋。棋盘放在被炉的木框罩上，走棋时，才把手从棉被下面伸出来。可笑的是，我们时常弄丢棋子，直到开始新的一局时才发现。每当此时，母亲就用火筷子从炉灰里把棋子夹出来。

“围棋的棋盘太高，还有垫脚，在被炉上没法下，还是下将棋好，多舒服啊，最适合懒人了。好，再来一盘吧。”

父亲赢的时候准说再来一盘吧，不过输的时候，他也会说再来一盘。总之，不论输赢，他总是喜欢围着被炉下棋。起初，我觉得很新鲜，这种隐居式的娱乐也引起了我极大的兴趣，然而时间一长，这样的刺激便满足不了我旺盛的精力了，我常常忍不住把攥着“金”和“香车”[①]的拳头举到头上打哈欠。

我想起了东京的生活。于是，我仿佛听到从自己血流奔涌的心脏里发出的“活动、活动”的持续不断的鼓动声。那鼓动声，在我某种微妙的意识状态下，不可思议地被先生的力量加强了。

我在心里把父亲和先生做了一番比较。从社会存在的角度来看，两个人都是无足轻重的老实人；从受人关注这一点来说，他们也都等于零。然而，我这位喜欢下将棋的父亲，即便仅仅作为消遣的伙伴，也不能够使我获得满足；而从未一起游乐过的先生，竟不知不觉地给我的头脑带来了那种超越世俗

---

① 金、香车：两者都是将棋的棋子。

亲密关系的影响。只是“头脑”这个词有些冰冷，应该说成是“心”。即便说，先生的力量渗进了我的肉体，先生的生命流入了我的血液，对于那时的我来说，也毫不夸张。父亲是我的生身之父，先生当然是个外人，这显而易见的事实摆在眼前时，我仿佛发现一个了不起的真理一般，不禁愕然了。

我开始感觉百无聊赖时，父母眼中那个稀罕的我也慢慢变得无趣了。凡是寒暑假回家的人，我想都体会过这种心情吧。最初的一个星期被奉为上宾，好吃好喝好招待，但是高潮一过，家里人的热情就渐渐冷却了下来，到了后来，往往就不那么热情了，感觉有你没你都无所谓似的。在家期间，我也度过了这么一个高潮，而且我每次回家，总会带回一种父母无法接受的东京味儿。如同把天主教的气味带进儒教的家里一般，我带回来的气味都是跟父母格格不入的。当然，我总是尽量掩饰，但是已浸染在身的习气，怎样掩饰也会被他们发现。终于，我觉得在家待下去也没意思，想提前回东京。

幸而父亲的病情还是老样子，没有一点儿恶化的迹象。为了慎重起见，我特意从很远的地方请来高明的医生，经过一番仔细的检查，也没有发现其他症状。于是，我决定在寒假结束之前离开家乡。人情真是奇妙的东西，我一提出要走，父母都反对。

“现在就要回去？不是还早吗？”母亲说。

“再住上四五天也来得及啊。”父亲说。

我没有改变自己定下的回东京的日期。

24

回到东京时，过年的门松[①]不知何时已经撤掉，街上寒风劲吹，看不到一点儿过年的热闹景象。

我马上到先生家去还钱，顺便把香菇也带了去。不说点儿什么，似乎有点儿唐突，所以把香菇放在夫人面前时，我特意说明："这是家母送给你们的。"香菇装在一只新点心匣子里，夫人很客气地道了谢，起身要去隔壁房间时，顺手拎起了点心匣子，也许是觉得很轻，惊讶地问道："这是什么点心呀？"和夫人熟悉了之后，就会看到她那非常天真的孩子般的内心。

对于父亲的病情，他们关切地问了许多。先生说：

"是啊，从你描述的情况来看，现在还不要紧。不过，毕竟是个病，不能不谨慎些。"

关于肾病，先生知晓许多我不知道的知识。

"这种病的特点是，虽然得了这个病，本人却感觉不到难受，所以老是不当回事儿。我过去认识的一个军官就是这样死

① 门松：根据日本民俗，过年时在门前装饰的松枝。

的。他死得特别突然，简直叫人无法相信，睡在旁边的妻子根本就来不及看护。他半夜叫醒妻子，只说有点儿难受，第二天早上就死了，可是他妻子还以为丈夫在睡觉呢。”

一直很乐观的我，马上不安起来。

“家父也会这样吗？说不准吧？”

“医生怎么说的？”

“医生说治好是不可能了，不过眼下还不用担心。”

“要是这样还可以，既然医生这么说，问题就不大。我刚才说的那个是不注意身体的人，而且是个非常粗鲁的军人。”

我心里踏实了一些。先生一直观察着我的表情，然后又补了一句：

“不过，健康也好，生病也罢，不管怎么说，人都是脆弱的，说不定什么时候、什么缘故就死了。”

“先生也在想这种事吗？”

“无论我身体怎么好，也不会完全不想的。”

先生的嘴边浮出一丝微笑。

“不是经常有人突然间就死了吗？像正常死亡之类的。也有人一眨眼的工夫就没了，因为非自然的暴力。”

“非自然的暴力，是什么？”

“是什么我也不知道，但自杀的人使用的都是非自然的暴力吧。”

“那么被杀死的，也是因为非自然的暴力了？”

“被杀死的算不算，我没有想过。也可以这样说吧。”

那天说到这里，我就回住处了。回到住处以后，对父亲的病也不觉得那么难过了。先生说的正常死亡、非自然的暴力死亡等等，也只给我留下了一些很浅的印象，很快便忘得干干净净了。我想起了以前几次要动手写，但一直没有着手的毕业论文，觉得应该正式开始写了。

25

我应该在那年的六月毕业，按规定，必须在四月底之前完成这篇论文。二、三、四，我屈指算了算余下的时间，不禁有些怀疑自己的胆量。别的同学很早就开始搜集资料，整理归纳笔记了，看上去都忙得不行，唯独我还没有着手。我只是打算过了年就开始大干一场。出于这个决心我也着手写起来，但是很快就写不下去了。仅仅凭空设想了一个大题目，构思了粗略轮廓的我，现在开始着急了。后来我决定把论文的题目缩小，而且为了省去系统归纳自己见解的时间，我准备只罗列书中现成的资料，再适当加上一些自己的结论。

我选择的论文题目跟先生的研究很接近，就这个选题我曾征求过先生的意见。当时先生说，可以吧。急于完成论文的我，赶忙跑到先生家，请教应该看什么参考书。先生很痛快地把自己所知道的知识都告诉了我，还说可以借给我两三本必要的书籍，但是先生丝毫不打算指导我的论文。

“近来我不大看书了，不了解新的知识。你最好去问学校的先生。”

我突然想起夫人曾对我说过，先生有个时期非常喜欢看书，后来不知什么缘故，对于书籍不像以前那么有兴趣了。我把论文的事抛在一边，贸然问道：

“先生为什么不像原来那样喜欢看书了呢？”

“也谈不上为什么……大概是觉得不管看多少书，也不会有什么作为的缘故吧。另外……”

“另外，还有什么缘由吗？”

“也不是说还有什么缘由。可能是以前吧，若是出去应酬或被人家问到，自己却没有这方面的知识，回答不出来时，便会羞愧难当。可是近来被人家问住，也不觉得多么羞愧了，于是也就没有劲头勉为其难地看书了。总之一句话，上岁数喽。”

先生说话时，神态平和，并没有远离社会的人的那种愤世嫉俗，所以我也没有特别的感觉。我虽不认为先生老了，但也并不觉得先生值得钦佩，便告辞回去了。

那以后，我就像是被论文折磨成了精神病似的，眼睛都熬红了。我向一年前毕业的朋友详细打听了他们写论文时的情况。其中一人告诉我，他是在交卷截止的那天，坐车赶到教务处才没有误了交卷的。另一个人说，由于他迟到了一刻钟——应该是五点交卷——才把论文送去，险些被退回，多亏了主任教授的宽容，才交了论文。他们的经验之谈愈加激励了惶惶不安的我，每日不是伏案奋笔疾书，就是钻进昏暗的书库，在那些高高的书架上寻找参考书。我的眼睛就像收藏者发掘古董那样搜索着书脊上的烫金字。

随着梅花绽放，寒风渐渐转向了南方。又过了些日子，渐渐开始传来樱花的花信了。然而，我仍旧像驾在辕上的马一样，被论文鞭策着，一直朝前跑。直到四月下旬，终于按预定时间完成了这篇论文。在那之前，我没有登过先生家的门槛。

26

我终于获得解脱，是在初夏时节，八重樱凋谢的枝头已不知何时萌生出了嫩叶。我怀着小鸟出笼般的心情，展望广阔的天地，自由地振翅飞翔。我马上去了先生家，枳壳篱笆黑乎乎的枝条上发出了鲜绿的芽，石榴树的枯枝上新长出的油亮而柔软的茶褐色叶子映着阳光。一路上这些美景吸引着我的目光，仿佛有生以来头一次见到它们似的，只觉得新奇无比。

先生望着我欣喜的神色，说："论文已经完成了？不错嘛。"我说："多亏了您，总算完成了，现在没什么事了。"

当时我的心情真是轻松极了，仿佛一切该做的事情都已了结，心情畅快，今后可以想怎么玩就怎么玩了。我对自己完成的论文充满了信心，也十分满意，在先生面前喋喋不休地讲着论文的内容。而先生依然像平时那样回应着"有道理""是吗”，却没有予以任何评论。我有些不满足，但更多的是扫兴。尽管如此，那天我精力充沛到足以挑战一下先生那看似应付的态度，我想邀请先生到正在复苏的大自然中去踏踏青：

“先生，到什么地方散散步吧。一到外面，心情就会特别开朗。”

“去哪儿？”

我去哪儿都可以，只想陪着先生去郊外走走。

一个小时后，先生和我离开了市区，信步走在分不出是村还是镇的僻静所在。我从光叶石楠篱笆上掐了一片柔软的嫩叶，吹起了叶笛。我有个朋友是鹿儿岛人，我经常模仿他，不知不觉就学会了吹这种叶笛，已经吹得很好了。我得意地吹着，先生却好像没听见似的瞧着别处走着。

走了一会儿，在一处被郁郁葱葱的绿叶遮蔽的高坡前出现了一条小路。小路通向坡上的入口，入口的门柱上钉着个牌子，上写着“××园”，一看便知这里是一处私人宅邸。先生望着坡上面的入口，对我说：“进去看看？”我马上答道：“是苗圃吧。”

我们沿着树丛拐过弯去，一直走到坡路最里面。靠路左边有一户住家，敞开的拉门里空无一人，只有房檐下摆着一只大鱼缸，金鱼在里面游动着。

“真静啊，咱们不打声招呼就进来，没关系吗？”

“没有关系吧。”

我们又向园内走去，依然看不见人影。怒放的杜鹃花像燃烧的火焰一般。先生指着其中一株高高的红褐色杜鹃花说：

“这大概是雾岛[1]。”芍药也种了一片，足有十坪[2]之多，由于还没到季节，一株开花的也没有。在这片芍药田旁有个旧缘台[3]似的台子，先生伸开四肢，躺在上面，我坐在边角上，抽了一支烟。先生望着蔚蓝通透的天空，我被周围碧绿的嫩叶吸引住了。细细观瞧，发现那些嫩叶的绿色没有相同的，即便是同样的枫树，每根树枝上的叶子也没有一样颜色的。先生挂在一株细瘦杉树苗树梢上的帽子被一阵风刮到了地上。

27

我赶忙捡起帽子，用指尖弹掉沾在上面的红土，对先生说：“先生，帽子掉了。”

“谢谢。”

先生欠身接过帽子时，问了我一个奇怪的问题。

“冒失地问一句，你家的财产很多吧？”

“不算很多。”

“大概有多少呢？请原谅我这么问。”

---

① 雾岛：杜鹃花的一种。

② 坪：土地或房屋的面积单位，1坪约合3.3平方米。

③ 缘台：木制或竹制的长方形坐台，放置于庭院等处用于纳凉等。

“您问有多少财产？其实只有山和田地，没有什么钱。”

先生正式问起我家的经济状况，这还是第一次。我从来没问过先生的生计，自从认识先生，我就不明白先生为什么不出去做事。后来这个疑问总是挥之不去，但是我又觉得对先生提出这种露骨的问题未免造次，所以一直没敢问。望着满眼绿叶，疲惫的眼睛得到了休息后，我忽然想起了这个问题。

“先生呢，您有多少财产啊？”

“你看我像个财主吗？”

先生平时衣着简朴，家里人口又少，故而也没有住大宅子。但是，他的生活却是很宽裕的，这一点即便不了解内情的我也看得很清楚。总之，先生的生活虽说不上奢侈，也绝不是吝啬、拮据的。

“大概是吧。”我说。

“我是有些钱，但绝不是财主。要是财主的话，就会盖更大的房子喽。”

这时先生已经坐起身，盘腿坐在缘台上了。先生说完，便用竹杖在地上画了一个圆圈，画完后，将竹杖笔直地戳在地上。

“不过，原来我可是个财主呢。”

先生像是自言自语，所以我没能立刻接上话。

“原来我可是个财主呢。你知道吗？”他又说了一遍，然后瞧着我的脸露出了微笑。我还是没有回答，其实是因为我笨嘴笨舌，不知该怎么回答。这时先生又转移了话题：

“后来，你父亲的病怎么样了？”

说到父亲的病，过年以后我就毫无所知了。每月跟家里的汇款一同寄来的短信，虽然还是父亲写的，可是信里从未提及病情，而且，字迹也很工整，根本没有这类病人常见的颤抖和潦草。

“信上什么也没有提，大概是好了吧。”

“但愿如此，不过，病到底是病啊。”

“看来彻底好是很难了，但眼下好像还过得去。信里什么也没有说。”

“是吗？”

我把先生询问我家的财产和父亲的病情只当作是一般的闲聊，随便问问。但是先生的话音里，却有着把这两者联系起来的意思，我没有先生的亲身感受，当然不会意识到这一点。

28

“我想，如果你家有财产，现在就应该分到自己手里，也许是我多管闲事吧。不过趁你父亲健在的时候，最好把自己那份先分到手，因为万一有什么事的话，最麻烦的就是财产问题。”

“是啊。”

我并没有特别重视先生的话，我相信在我们家里没有一个人会担心这个，不仅是我，父母也一样。而且以先生的身份，说出这样的话来，未免也太现实了些，着实令我有些惊讶。只是出于对长辈的尊敬，才没有说出口。

“我刚才提到了你要早做准备，以避免你父亲去世后的麻烦事，如果这些话让你不快，请原谅。但是，人总是要死的，无论身体多健康的人，也说不准什么时候就死了。”

先生的语气流露出少见的痛苦。

“我根本没把这些当回事儿。”我辩解道。

“你兄妹几个？”先生问。

接着先生又问了我们家族的人数，有没有亲戚，以及叔叔婶子的情况。最后说：

“都是好人吗？”

“好像没有什么坏人，都是乡下人。”

“乡下人为什么就不坏呢？”

对这一追问，我回答不了，先生没等我做出回答，就接着说：

“乡下人反而比城里人更坏。你刚才说，你的亲戚中好像没有什么坏人。难道说，你认为世上会有一种叫作坏人的人吗？那种用模子刻出来的坏人，世上当然是没有的。平时都是好人，至少是一般人，可是一到关键时刻，有可能突然变成坏人，所以才可怕。因此绝不能掉以轻心……”

先生还想继续说下去，我也想说点儿什么。这时，突然听到身后传来狗叫声，先生和我都吃了一惊，回过身去。

从缘台旁边到后面都种着杉树苗，杉树苗旁边长着一片茂密的山白竹，遮盖了大约三坪的土地。一只狗从山白竹上面露出脑袋和脊背，汪汪地叫着。这时候，一个十岁上下的孩子跑过来喝住了狗。孩子头戴一顶有帽徽的黑帽子，绕到先生面前，戴着帽子鞠了个躬，问道：

“叔叔，你进来的时候，屋子里没有人吗？”

“一个人也没有啊。”

“可是姐姐和妈妈都在厨房里呀。”

“哦，在家啊！”

“是啊。叔叔，要是打个招呼再进来就好了。”

先生苦笑了一下，从怀里取出钱包，拿出一枚五钱的白铜币塞在小孩手里。

“告诉你妈妈一声，让我们在这儿歇一会儿。”

小孩机灵的眼睛里满含着笑，对我们点点头。

“今天我是斥候[①]长。”

小孩这样说着，穿过杜鹃花丛向下边跑去。那只狗也卷起尾巴，追着小孩跑了。过了一会儿，两三个年龄相仿的孩子也朝着那个方向跑去了。

---

① 斥候：古代的侦察兵。

29

先生的话被这只狗和小孩打断，没有说完，我到底也不得要领。先生所挂念的那些财产问题，我那时完全没有想过。无论从我的性格还是境遇来看，根本不会为这种利害之事伤脑筋。大概是因为我还没有进入社会，或者没有面临这类问题的缘故吧。总之，对于年轻的我而言，总觉得钱的问题离自己很遥远。

对于先生的这番话，我想刨根问底的只有一点，就是人在关键的时候，谁都会变成坏人这句话的意思。单就这一句话的字面意思，我不是不能理解，但是我想要知道得更多些。

狗和小孩走开以后，绿叶繁茂的大园子又恢复了原来的清静。我们俩都仿佛被沉默锁住的人似的，半天也没有动一动。这时候，晴朗的天空渐渐失去了色彩，眼前的树大多是枫树，树枝上新生出的青翠欲滴的嫩叶，似乎也渐渐暗淡下来。远处的马路上传来平板车发出的咯噔咯噔的响声，我猜想这大概是村里的男人拉了一车花木之类的东西去赶集吧。先生一听到这声音，仿佛突然从冥想中苏醒过来似的，马上站起来，对我说：

“咱们该回去了。天虽然长了，可这么舒适，竟不知不觉地黑下来了。”

先生刚才躺在缘台上时，后背沾了些土，我用两只手帮他掸掉了。

“谢谢。没沾上树脂吧？”

“没有，都掸干净了。”

“这件羽织[①]是新做的，要是给弄脏了，回去要被妻子责怪的。谢谢你。”

我们又返回到斜坡上的房子跟前。我们进来时没看见人，这时却见女主人和一位十五六岁的小姑娘正坐在檐廊上往线板上缠线呢。我们走到大鱼缸旁边时，问候了一声：“真是打扰你们了。”“哪里，慢待您了。”女主人回礼后，又为先生刚才给小孩钱的事道了谢。

出了门，走过两三条街后，我终于忍不住对先生说：

“刚才先生说，任何人在关键时候都会变成坏人的。这是什么意思？”

“也没有很深的意思，这是事实，不是什么道理。”

“是不是事实没有关系，我想问的是，您所谓的关键的时候，到底是指什么场合。”

先生笑了起来，意思好像是说“已经没有谈论这个话题的兴致了，你问的不是时候”。

“就是钱哪！你知道吗，一见到钱，无论怎样的正人君子

---

① 羽织：和服的短外套。

都会立刻变成坏人的。”

在我听来，先生的回答简直平庸得无聊。既然先生失去了兴致，我也觉得很扫兴，便板起脸快步走起来。于是，先生有点儿跟不上了，在后面“喂、喂”地叫着。

“瞧瞧看。”

“怎么了？”

“你的情绪呀。我这么一句话，你就立刻不高兴了。”

我为了等先生，停下脚步转过身来时，先生看着我的脸说道。

30

那时我心里有点儿责怪先生。我们并肩而行后，我想问的话也故意不问了。但是，不知先生是否注意到了我的神态，仍然像平时那样默默地迈着沉稳的步子走着，好像毫不介意似的。我有点儿气恼，忽然想说点儿什么刺激他一下。

“先生。”

“什么事？”

“刚才先生有点儿兴奋吧，咱们在苗圃园里休息的时候。我很少看见先生兴奋，今天可开了眼了。”

先生没有马上回答，令我感觉像是达到了目的，可又好像没有达到，只好悻悻地打住了话头。这时，先生突然向路边走去，在修剪整齐的篱笆边，撩起衣襟开始小解。先生小解时，我呆呆地站在一旁等着他。

“哦，抱歉。”

先生说完又走起来。我到底还是放弃了为难先生的念头。我们走的这条路渐渐热闹起来，刚才不时看到的开阔的坡田和平地不见了，左右两边的住宅鳞次栉比。但是，在许多住家的院落里，依然能看见缠在竹架上的豌豆藤和用金属网圈养的鸡，看着很悠闲，从城里回来的驮马[1]不断从我们身边走过。我一直被这些景象吸引着，刚才堵在心里的疙瘩早不知掉到哪里去了。当先生突然又提起刚才的话茬时，我早已忘记了。

“刚才我真的那么兴奋吗？”

“虽然不那么厉害，可是有点儿……”

“你这么说也没关系，我刚才的确特别兴奋。一提到财产的事，我就会兴奋，我不知道你是怎么看我的。我是个极端固执的人，对于别人给我造成的屈辱与伤害，无论是十年，还是二十年，都是忘不了的。”

先生说这些话时比刚才更兴奋了。但是，令我感到惊讶的绝不是他说话的语气，而是先生直言不讳对我所说的话的含义。从先生嘴里听到这样直白的话，是我无论如何也无法想象的。先生的性格竟如此执拗，这是我未曾想到的。我一直以为

① 驮马：用来驮东西的马。

先生是个更为懦弱的人，而且，我已把我的崇拜之根扎在他那软弱而崇高之处了。由于一时气恼，想刺激一下先生的我，在先生的这番话面前变得渺小了。先生这样说：

“我被人欺骗过，而且是骨肉至亲的欺骗。我绝不会忘记。他们在我父亲面前装好人，可是父亲刚一去世，他们就变成了无法饶恕的坏蛋。他们对我的侮辱与伤害，我从儿时起一直背负到今天，大概要背负到死吧。因为，我至死也不会忘记的。但是，我一直没有去报复。因为，我现在做的事是超越个人的爱恨情仇的，我不仅憎恶他们，而且由此学会了憎恶他们所代表的那类人。我想，这就足够了。”

我连一句慰藉的话也说不出来了。

31

那天的谈话到此为止，就没有再说下去。我对先生的态度多少有点儿害怕，也不敢再往下说了。

我们从市郊坐上电车，在车上几乎没有说话。下车后没走两步就该分手了。分手时，先生的态度又变了，比往常都愉快地对我说：“从现在到六月是你最轻松的日子，说不定也会是你一生中最轻松的时候呢，痛痛快快地去玩吧。”我笑着摘下帽子。那时我望着先生的脸，不禁心中疑惑：先生真的在心里憎恨所有的人吗？他的眼神、他的嘴角，一点儿都没有显露出厌世的影子啊！

在思想方面，我受到了先生的不少教诲。但是，对于同样的问题，即使我想要得到教诲，却往往得不到。先生讲话时常使人不得要领，那天我们在郊外的谈话，便是让我记忆犹新的一个例子。

有一天，我终于不客气地当着先生面讲了出来。先生笑了。我这样说：

“我脑子迟钝，搞不明白，这没有关系，我最头痛的是，您明明知道，却不明白地告诉我。”

“我什么也没有隐瞒啊。”

“您隐瞒了。”

“你该不是把我的思想、见解跟我的过去混在一起，自己瞎琢磨吧？我虽然是个贫乏的思想家，但是，我从不对别人一味隐瞒自己头脑中成熟的思想，没有隐瞒的必要。至于你一定要我把自己的过去都告诉你，则是另外一个问题。”

“我不认为是另外的问题。正因为是先生的过去产生出来的思想，我才这么重视的。如果把两者割裂开来，对我而言便毫无价值，只给我一个没有注入灵魂的玩偶，我是不会满足的。”

先生惊讶地望着我的脸，拿着烟的那只手微微颤抖着。

“你真是大胆。”

“只不过是认真罢了，我希望认真地接受人生的教训。”

“哪怕是揭开我的过去吗？”

“揭开”这个词，突然以一种可怕的响声刺入我的耳中。

我觉得坐在我面前的是一个罪人，而不是平时那位可敬的先生了。先生的脸色变得很苍白。

“你是认真的吗？”先生追问，“我是因为过去的遭遇才怀疑别人的，其实也怀疑过你。但是只有你，我实在不愿意怀疑。你太单纯了，叫人难以怀疑。我很想在死前，哪怕有一个人也行，让我能够相信他，然后离开人世。你能成为那唯一的人吗？你愿意成为这样的人吗？你真是认真的吗？”

“如果我的生命是认真的，那么我刚才说的话也是认真的。”

我的声音颤抖了。

“好吧！”先生说，“我告诉你吧，把我的过去，毫无保留地都告诉给你。不过……不，那没关系。但是，我的过去也许对你没有多大好处，不听或许更好。而且——现在还不能说，你等着吧，不到适当的时候，我是不会告诉你的。”

我回到住处后，依然感到某种压迫感。

32

我的论文在教授眼里，似乎不像我自己评价得那么好。尽管如此，我的论文还是按照预想通过了。毕业那天，我穿上了从行李中找出的发着霉味儿的旧冬装，站在礼堂的队列里时，每个人的脸上都热气腾腾的。我的身子裹在不透气的厚呢绒里，热得受不了。站了不大工夫，手帕就擦湿了。

毕业典礼一完，我马上跑回住处，脱光了衣服，打开寓所二楼的窗子，把毕业证书卷成一个望远镜似的圆筒，尽情地眺望了一番圆筒中所看到的景色。然后，我把那张证书扔在桌上，四仰八叉地躺在了房间正中央。我这么躺着，回顾自己的过去，想象自己的未来。于是，觉得这张区分过去与未来的毕业证书，既像是有意义的，又像是没意义的一张奇怪的纸。

那天晚上，我受邀到先生家吃晚饭。这是早就约好了的，毕业那天的晚饭不能去别处吃，要在先生家里吃。

按照约定，饭桌摆在客厅靠近走廊的地方，桌上铺着的浆得又厚又硬的花桌布，在灯光的映照下更显得漂亮、洁净。每次在先生家吃饭，碗筷必定放在像西餐馆似的白色亚麻桌布上，而且这桌布必定洗得雪白。

“这就跟衣领和袖口一样，与其用不够干净的，不如一开始就用带颜色的，要是用白的，就干脆用雪白的。”

如此说来，先生的确有洁癖。书房、客房总是收拾得整洁有序。我一向邋里邋遢，所以先生的这种特点，总能引起我的注意。

“先生有洁癖啊？”一次，我对夫人这样说时，她曾回答：“可他对衣服就不那么讲究了。”先生在一旁听了，笑着说：“说实在的，我精神上有洁癖，所以一直很苦恼，想来真是愚蠢的天性。”我不知道先生说的精神上的洁癖，是指一般人所说的神经质，还是指理论上的洁癖。夫人也解释不了。

那晚，我同先生对坐在像往常一样洁白的桌布前。夫人把我们安置在餐桌左右两边，自己居中，坐在正对庭院的座位上。

“祝贺你毕业。”说着，先生为我举起了酒杯。对于这杯酒，我并没有感到特别高兴。原因之一是，我内心并没有一听到这话就欢喜雀跃般地兴奋，而且先生说这句话的口吻，也丝毫没有让我高兴的喜兴劲儿。先生笑着举起酒杯，我在他的笑容中看不到半点儿恶意的讽刺，同时也感觉不到他说祝贺时的真情。先生的笑仿佛在告诉我：“一般在这种场合，总要说祝贺的呀。”

夫人对我说：“真好。你父母一定很高兴啦。”我突然想起病中的父亲，真想赶快把毕业证书拿回去给他看看。

“先生的毕业证书是怎么收着的？”我问。

“怎么收着的？也许还放在什么地方吧？”先生问夫人。

“是啊，应该收着呢……”

夫妻俩都不知道毕业证书放在哪里了。

33

吃饭的时候，夫人把坐在一旁的女佣打发开，亲自为我们盛饭。这似乎是先生家招待老朋友的习惯。头一两次我还感到不好意思，后来次数多了，便不觉得把饭碗递给夫人有什么不妥的了。

“要茶，还是添饭？你胃口不错啊。”

夫人有时也会开个玩笑，可是那天我的食欲并没有像夫人说的那样好。

“已经吃饱了？近来你的饭量也太小了。”

“不是饭量小了，是天气热，吃不下。”

夫人叫女佣收拾了饭桌后，又叫她把冰激凌和水果送上来。

“这是我自己做的。”

看来在家无所事事的夫人，有闲暇自己调制冰激凌请客人品尝，我连吃了两杯。

“你也终于毕业了，以后打算干什么呢？”先生问我。先生把坐垫向走廊上移了一半，背靠在隔扇门上。

我只想到要毕业了，至于以后干什么却没想过。夫人见我犹豫不决，回答不出，便问道：“当老师？”我还是没有回答。夫人又问：“那就是，做官？”我和先生都笑了起来。

“说真的，我还没有什么具体打算。关于选择什么职业的问题，我真是一点儿也没考虑过。因为究竟干什么好，干什么不好，不实际体验是不会知道的。所以我也无法选择。”

“倒也是啊。不过，你毕竟家里有钱，才说得这样轻松。你看那些穷人家的孩子，就不能像你这么不急不慌的了。”

我的同学中，有的人还没毕业就在寻找中学教员的工作了。我心里认可夫人说的话，嘴上却说：“大概是有点儿受先生的影响吧。”

“他没有给你好影响啊。”

先生苦笑着说：

“受我影响也没关系，不过，以前我跟你说过，趁你父亲活着的时候，一定要把财产分到手。没有分到手的话，也绝不可疏忽大意。”

我想起在那杜鹃花盛开的五月初，和先生在郊外苗圃的宽敞院落里的谈话；耳边又反复响起先生在回来的路上，以亢奋的语气对我讲的那番可怕的话。他的话岂止是可怕，简直是令人震撼，但是对于不明真相的我来说，也是半途而废的谈话。

“夫人，您家的财产很多吗？”

“你怎么问起这种事？”

“问先生他也不告诉我嘛。”

“大概不值得告诉你吧。”夫人笑着瞧了瞧先生。

“请您告诉我，大概需要多少财产才能过先生这样的生活。我回家跟父亲谈判时，也好做个参考。”

先生面向庭院，若无其事地抽着烟。我自然只好问夫人了。

“哪有多少财产可言啊，还不是这样将就着打发日子呀。我跟你说，这些都不重要，重要的是，你以后可是一定要做点儿事情才行。像先生这样闲待着……”

“我可没有闲待着噢。”

先生稍稍扭过脸来，打断了夫人的话。

34

那天晚上，我十点以后才离开先生家。因为两三天内我要回故乡，所以在离席之前，我说了些告别的话。

“我暂时不能来看先生了。”

“九月能回来吧？”

我已经毕业了，所以也无须九月回来，但也没有想过要在炎热的八月回东京。我并不需要把宝贵的时间花在寻找工作上。

“大概要到九月左右吧。”

“那么，祝你一路平安。这个夏天我们也许要到什么地方去走走，东京天气太热了。要是去的话，到了地方会给你寄一张明信片的。”

“出去的话，准备去哪儿？”

听了我的问话，先生呵呵笑着。

“还没有决定去不去呢。”

我正要起身的时候，先生突然拉住我，问：“对了，你父亲的病怎么样了？”说到父亲的病情，我一无所知。只是觉得既然来信没说什么，大概就是没事吧。

“这种病可不能掉以轻心哪，要是发展到尿毒症，可就没法治了。”

我不知道“尿毒症”是什么意思，上次寒假在家乡见到医生时，没有听医生说过这样的术语。

“真的要当心哪！”夫人也说，“你知道吗，病毒要是进了脑子，人就完啦。这可不是闹着玩的。”

我在这方面没有任何经验，虽然觉得怪吓人的，却笑了笑，说：“反正是不治之症，再着急也没有用。”

“要是能这样想得开，也就没什么可说的了。”

夫人大概想起了以前因患同样病症死去的母亲，低着头，声音低沉地说道。我也从心里为父亲的命运而伤感起来。

这时，先生突然对夫人说：“静，你会死在我前头吗？”

“为什么这么问？”

“不为什么，只是问问。要不就是我走在你前头吧。世上大多是丈夫先死，妻子在后，这好像是一般规律呢。”

“也不是必然的。不过，男人的岁数一般比女人大一些。”

“所以才会先死的嘛。这么说，我也应该比你先一步去那个世界喽。”

“你和别人不一样。”

“是吗？”

“当然了。你身体这么结实，几乎没生过什么病。不管怎么说，还是我在前。”

“你在前？”

“是啊，一定是我在前。”

先生瞧了瞧我，我笑了。

“可是，如果我先走一步的话，你怎么办呢？”

“怎么办……”

夫人语塞了。失去先生的悲哀想象，似乎袭上了她的心头。但是，当她再度抬起头来时，心情已经调整过来了。

“怎么办？没有办法的呀，你说是吧？所谓黄泉路上无老少啊！”

夫人故意朝着我，开玩笑似的这样说道。

35

我本要站起来告辞，又只好坐了下来。在谈话告一段落之前，我一直充当他们两个人这段对话的听众。

“你怎么想？”先生问我。

是先生先走，还是夫人早亡，都不应该由我来判断，我只好笑了笑：“寿命这东西，我也说不好啊。”

“寿命还真是没办法啊。人出生时就注定了能活多少年，无法改变的。你知道吗，先生的父亲和母亲差不多是同时去世的。”

“是去世的日子吗？”

“日子相同太难了！不过前后差不了几天，是相继去世的。”

这倒是闻所未闻的新鲜事，我觉得有点儿纳闷。

“怎么会同时去世了呢？”

夫人正要回答，却给先生拦住了。

“别说这些了，没什么意思。”

先生故意吧嗒吧嗒地摇着手中的团扇，然后又转过头来看着夫人，说：“静，我要是死了，这所房子就留给你吧。”

夫人笑了起来：“顺便把地皮也给我吧。”

“地皮是人家的，没办法给你。但是，我的东西全都给你。”

“谢谢了。可是那些洋文书，给了我也没用啊。”

“卖给旧书店嘛。”

“能值几个钱呀？”

先生没说值多少钱。但是，他的话总是围绕着自己的死这个遥远的话题，而且还认定，他的死一定会先于夫人。起初，夫人好像还故意做出无所谓的样子，然而不知不觉间，便激起了女人的感伤之心。

“要是我死了，要是我死了的，你打算说多少遍啊。求你积点儿德，别老是说什么我先死了怎么怎么的，多不吉利啊。如果你死了，一切都照你的意思办，可以了吧？”

先生望着庭院笑了，但也没再说惹夫人不快的话。我待的时间已经太久了，趁机马上起身告辞。先生和夫人把我送到门口。

“要好好照看病人。”夫人说。

“九月再见了。”先生说。

我道别后，走出了隔扇门。在房门和院门之间有一棵茂盛的桂花树，枝杈伸向暗夜中，仿佛要拦住我的去路。我走了两三步，望着被黑魆魆的枝叶覆盖的树梢，想起秋天将开放的芬芳的桂花。以前，我一直是把先生家和这棵桂花树作为不可分割的东西一起记忆的。当我走到这棵树前，想到秋天会再次迈进这所宅院的时候，刚才还从房间里照到门前的灯光，突然熄灭了，先生夫妇似乎已回到房间里去了。我独自走到黑暗的外边。

我并没有马上回住处，因为回老家之前还有些东西要买，再者也需让吃得满满的胃消化消化，于是向着热闹的大街走去。天刚刚擦黑，在闲逛的人群中，我遇到一个当天跟我一起毕业的同学。他不由分说把我拉进一家小酒吧，在那里我不得不听了一晚上他那啤酒沫般的夸夸其谈，回到宿处时已经十二点多了。

36

第二天，我冒着暑热上街去采买家人托我买的东西。看到信里列出的购物单时，还不觉得什么，一买起来才发觉真是够费事的。我在电车里一边擦汗，一边抱怨那些乡下人，根本不懂得不该随便给别人添麻烦这个道理。

我不想白白度过这个夏天，事先拟定好了回家后的读书计划，所以必须买些要看的书籍来履行这个计划。我打算在丸扇书店的二楼上消磨半天时间，在与自己专业相关的书架前，我从一头走到另一头，一本一本地挑选着。

在采购的清单中，最叫我头疼的是女人的半襟[①]。跟店里的伙计一说想买半襟，他就拿出来好多件，可是买哪个好呢？这让我举棋不定，而且价钱也没个准头。本以为便宜的，一问却很贵，以为会很贵而没敢问的，结果却相当便宜。换句话说，无论怎么比较，我也弄不明白它们的价格差异是怎么出来的。我真是犯了难，暗自后悔，为何不劳动一下先生的夫人呢？

我买了一只皮箱，自然是日本造的下等货，只不过，箱子上的金属件闪闪发亮，足以唬住那些乡巴佬。这只皮箱是母亲嘱咐我买的，她特意在信中写了：毕业时买一只新皮箱，把礼品都装在里面带回来。我读到这句话时不由得笑了出来。倒不是我不理解母亲的心情，只是觉得母亲这么吩咐特别滑稽。

正如跟先生夫妇辞行时说的那样，三天后，我就乘火车离开东京，回了故乡。这年冬天以来，对于父亲的病情，先生给我讲了很多需要注意的地方。虽然最应该担心的人是我，可不知怎么，我并没有觉得多么苦恼。我反而想象着，父亲去世后

① 半襟：和服里面的假领子。

母亲怪可怜的。可见在我的心里，一定是觉得父亲已经是要走的人了。在给九州的哥哥的信中，我也说过父亲没有可能恢复到原来的身体了，希望他尽可能安排时间，在今年夏天赶回来见上一面。我还说了不少感伤的话，诸如“二老孤单地在乡下生活，想必有诸多不便吧，我们做儿子的没有尽到孝道”……其实，我也是这么想的，但是写了这封信之后的心情，跟写信的时候又有所不同。

我在火车上内心矛盾地斗争着，越想越觉得自己是个不定性的浅薄之辈，不觉郁闷起来。这时，我又想起了先生和夫人，特别是两三天前请我吃晚饭时的那段对话。

“谁先死呢？”

我重复着那晚在先生和夫人之间提到的这个问题，我觉得他们对于这个问题都不能自信地做出回答。但是，如果能知道谁先死的话，先生会怎样，夫人又会怎样呢？我想先生也好，夫人也罢，除了现在这样的态度之外，不会有其他可能吧（正如面对父亲在老家等待死亡，我却毫无办法一样）。我把人生看成是无常的，把人无可奈何、与生俱来的轻薄看成是虚无的。

中　父母亲和我

1

回到家后，出乎意料的是，父亲的病情跟上次回来时差不多，没有多大变化。

“噢，你回来啦。能顺顺当当毕业，比什么都好。你等一下，我去洗把脸就来。”

当时，父亲正在院里干着什么活计。父亲说完，就去了有水井的后院。他头上戴着顶旧草帽，系在草帽后面的脏兮兮的遮阳手帕随风飘动着。

我把大学毕业看成理所当然的事，见父亲竟高兴成这样，不禁有些发窘。

“你小子能顺顺当当毕业，真好啊。”

这句话父亲翻来覆去念叨了好几遍。我暗自将父亲欣喜的表情和毕业那晚在先生家吃饭时，先生说“祝贺你”时的神情做了比较。在我看来，嘴上说祝贺，心里却嗤之以鼻的先生，反而比少见多怪、喜形于色的父亲更显得高尚。我对父亲这种愚昧无知的乡土气感觉不快起来。

“就算大学毕了业，也没什么了不起的呀，每年的毕业生有好几百人哪。”

我终于说出了这样不以为然的话。听了我的话，父亲露出怪异的表情，说：“我不光是说你毕了业有多么好。能毕业固然好，可我的话里还有另一层意思呢。你要是能够明白我的意思……”

我想听父亲说下去，可父亲似乎不想再往下说了，但最终还是对我说出了一番话：

“要说我为什么这么说嘛，你也知道，我得了这么个病。去年冬天见到你的时候，我以为自己弄不好顶多还能活三四个月，可不知哪辈子修来的福，一直到现在还好好的，也不用旁人伺候。就在这个当儿，你大学毕了业，我哪能不高兴呢。我们做父母的，能够活着看到这么有出息的儿子走出校门，不是比我死了以后你才毕业，更叫人欢喜吗？在心气儿高的你看来，一个大学毕业生也没什么了不起，我却没完没了地说‘太好了’，让你觉得难为情吧。可站在你爸的角度，就不一样啦。总之，你小子毕业这事儿，我这当老子的肯定要比你高兴了。明白了吗？”

我一句话也说不出来，羞愧难当地低下了头。虽然父亲表面上很平静，但他似乎已经预感到了自己的死亡，而且认定可能会死在我毕业之前。而我却没有去想，自己的毕业会在父亲心中产生多么大的影响，真是太糊涂了。我从皮箱里拿出毕业证书，恭恭敬敬地递给父母。毕业证书被压出了褶皱，没有原来那么平整了，父亲小心翼翼地把它展开。

“这么要紧的东西应该卷好，拿在手里的。”

“把它卷成筒，在里面塞些东西就好了。”母亲也在一旁插了句嘴。

父亲仔细端详了一阵后，起身走到壁龛前，把这张毕业证书摆在一眼就能看见的正中央。要是以往，我马上就会嘟囔起来的，然而，那天的我没有表现出丝毫不乐意，默不作声地任凭父亲去放置。被压皱了的雁皮纸[①]毕业证书，父亲费了半天劲也摆不好，刚摆在合适的位置，它便歪倒下来，又慢慢恢复了原状。

2

我把母亲叫到一边，悄悄询问父亲的病情。

“我爸到院子里干这干那的，也不歇着，身子吃得消吗？”

“他已经不觉得哪儿难受了，大概是好了吧。”

没想到母亲很不以为然，和那些生活在远离都市的森林里

① 雁皮纸：以雁皮树的树皮为原料制成的一种非常薄的日本纸。因雁皮树生长缓慢且无法大量采伐，故价格昂贵。

或乡间的农妇一样，母亲对这类事情完全是无知的。但是，上次父亲晕倒的时候，她又是那么惊慌，那么担心。我心里忽然产生一种奇妙的感觉。

“可是，当时医生不是已经发话，很难好利索了吗？”

“所以说嘛，没有比人的身体更奇怪的了。你看看，医生说得那么严重，可现在你爸不是还挺精神的嘛。起初，我也很担心，尽量不让他下地。唉，你爸的脾气你也知道的，调养倒也调养，就是倔得要命。自己觉得已经好了的话，根本听不进我的话。”

我想起上次回家时，父亲硬要下地刮胡子的情景：“我已经好了，都是你妈大惊小怪给闹的，真是的。”我一想父亲那时说的话，又觉得不能完全责怪母亲，所以，我本想说“不过，还是要多提醒他”，却终于忍住没有说出口，只是给母亲讲了一通我所知道的有关父亲的这种病，需要注意些什么。不过这些知识大多是从先生和夫人那儿听来的，母亲好像并没有特别上心，只是问道：“哟，还是一样的病啊，真可怜哪。那位老太太走的时候多大年纪啊？”

没有办法，我只好放弃说服母亲，直接去跟父亲说。父亲比母亲听得要认真，然后说道：“嗯，是这么回事，你说的有道理。不过，我自己的身子自己最了解，对我这身子该怎么保养，你爸我最有数，这么多年的经验了。”母亲听了，苦笑道：“你瞧瞧，怎么样？”

“爸爸嘴上那么说，心里可是明明白白的。我这次毕业回家，他这么高兴，还不全是因为这个呀。他本来以为自己病恹恹的，等不到我毕业呢，可是我在他还活着的时候拿来了文凭，所以他特别高兴。这是爸亲口对我说的。”

“唉，你知道，他不过是嘴上这么说说罢了，心里还是不当回事。”

“是吗？”

“他觉得还能活上十年二十年哪。可有时又常常说些让我担心的话，什么，‘我这样子也活不了多久了’‘我要是死了，你怎么办哪，打算一个人在这房子里住下去吗？’”

我眼前立刻浮现出父亲去世后，剩下母亲一个人孤单地住在这老旧而空荡荡的农舍里的情景。死神把父亲从这个家拉走后，这个家还能存在下去吗？哥哥会怎样做？母亲会怎样说？牵挂着这些的我，还能离开这块故土，到东京去自由自在地生活吗？面对着母亲，我偶然想起了先生的提醒：趁你父亲活着的时候，要把自己的那份遗产先分到手。

“没听说过谁老是说自己要死了，结果真的死了的，你就放心好了。你爸总是念叨要死了、要死了的，其实不知还能活多少年哪。那种不爱说这话的健康的人，反倒危险呢。”

我默不作声地听着母亲这套不知是从哪儿推论出来的迂腐论调。

3

为了庆祝我毕业，父亲和母亲商量着要做红米饭请客。我从回家那天起，就暗暗担忧这个事，所以当即表示反对。

“不用太铺张了吧。”

我很讨厌那些来赴宴的乡下人。全都是些闲得无聊、爱凑热闹的人，来的目的无非是大吃大喝一顿。我从小就特别发怵陪着他们吃饭，更何况他们是为我而来。于是乎，请客时自己疲于应酬、痛苦不堪的场景，顿时浮现在眼前。可是我又不好对父母直说别请那些粗俗的乡下人来瞎折腾，只好说别太铺张了。

“你总是铺张、铺张的，这算哪门子铺张啊？一辈子不就这么一回吗！请客是理所当然的，你用不着这么顾虑。”

母亲似乎把我大学毕业看得跟娶媳妇一般重要。

“虽说也可以不请客，但不请客的话，人家会说闲话呀！”

父亲这样说道。父亲担心人们说三道四，实际上那些人也确实是这样，要是这种场合遂不了他们的心愿，马上就会说闲话的。

“乡下可不比东京，讲究老理儿的。”父亲又说。

“再说，你爸也要面子呀。”母亲又跟着补了一句。

我也无法坚持己见了，心想，还是依着二老，随他们便吧。

“我的意思只不过是，要是为了我请客，那就算了。如果二老怕人家背后说闲话，那是另一码事。对你们不利的事，我坚持也没有用。”

“你怎么都有理啊。”父亲不高兴了。

“虽然你爸没说请客是为了你，可你也不该一点儿人情世故都不懂吧。”

一到这种时候，母亲就爱讲一通女人家那套驴唇不对马嘴的歪理，若论碎嘴唠叨，父亲和我加起来都别想说过她。

“念了点儿书，就总是认死理儿，这怎么行？”

父亲只说了这样一句，但是，我从这句话中，看到了父亲平时对我的所有不满。当时我并没有发觉自己说话尖刻，只觉得父亲不该那么责备我。

那天晚上，父亲又恢复了心情，来问我，要是请客，安排在哪一天好。对我这个每天无所事事、闲待在家里的人，父亲还来问我哪天方便，这就等于向我让步了。在慈祥的父亲面前，我自然温顺下来，和父亲商量之后，决定了请客的日期。

请客的日子还没到，便发生了一件大事，即明治天皇贵体有恙的通告。这条新闻通过报纸即刻传遍了整个日本，也把一个农家几经周折刚刚决定的毕业庆祝宴会，吹得烟消云散了。

“还是暂时取消的好。”

戴着眼镜看报的父亲说道，他似乎在沉思默想着自己的病。我也回忆起了不久前，依照往年惯例驾临我们大学毕业典礼的天皇陛下。

4

在这个空荡荡、静悄悄的老房子里，我打开行李，开始读书了。不知怎么回事，我的心里很不踏实。还不如在那令人眼花缭乱的东京寓所的二楼上，听着远处电车驶过的噪音，一页一页地看书，更能够集中精神、心情愉快地学习呢。

看不了几页书，我便会靠着桌子打起瞌睡来，有时索性拿出枕头舒舒服服地睡个午觉。每次醒来，都会听到声声蝉鸣，只觉那半梦半醒之间一直在聒噪的蝉声，突然间搅扰了我的耳膜。有时凝神倾听，心中竟会涌起一股悲戚。

我拿起笔给几个朋友分别写了寥寥数语的明信片或洋洋洒洒的长信。这些朋友有的留在了东京，有的回遥远的故乡去了。有人回了信，也有的没有回音。我当然没有忘记先生，关于自己回到故乡后的情况，我用细毛笔写了三页稿纸，寄给了先生。封信口时，我心里怀疑先生是否还在东京。以往，先生和夫人一起出门的时候，会有一位五十岁左右的短发妇人来看家。我曾问先生，她是什么人。先生却反问我："你看她像什么人呢？"我认为她是先生的亲戚。可先生回答："我可没有亲戚呀。”先生和故乡的亲戚一向没有书信往来的。原来那位看门的妇人，是夫人的亲戚，和先生没有亲缘关系。我给先生发信时，忽然想起了那个将窄腰带松松地在和服背后打个结的老妇。我猜想，这封信若是在先生夫妇去什么地方避暑之后寄到的话，不知那位短发阿婆有没有把信转寄给先生的那份心思和热心。不过，我这封信也没写什么特别要紧的事情，我只是觉得寂寞，盼着先生给我回信，却始终没有收到回信。

父亲不像去年冬天我回家时那么喜欢下将棋了，棋盘一直放在壁龛的角落里，上面落满了灰尘。尤其是天皇陛下染病以来，父亲好像总是在沉思，每天都焦急地盼着报纸来，自己最先看，然后特意拿着报纸来我的房间，把自己看过的重要消息告诉我。

“你看看，今天也详细地报道了天子的病情啊。”父亲常常把天皇陛下称为天子。

“说句大逆不道的话，天子的病和你爸我的病很相似吧。”

父亲这样说时，脸上笼罩着一层忧郁的阴云。我听了这话，心里也闪过了一阵不安，说不定什么时候，父亲也会死的。

“不过天子不要紧的吧。像我这种没用的人，都这么凑合活着哪。”

父亲虽然给自己的健康打了包票，可同时又仿佛预感到即将降临到自己身上的危险。

“你爸我是真的害怕自己的病好不了啦！我可不是像你妈

说的那样，还想活上十年二十年的！”

母亲听了我的传话，不知怎么办才好了。

“你再跟他下下将棋吧。”

我从壁龛中取出棋盘，拭去上面的尘土。

5

父亲的精神越来越衰弱了，曾经让我吃惊的那个后面系着手帕的旧草帽也自然而然地被闲置了。每当我看见那个放在熏黑的搁板上的草帽时，便觉得父亲很可怜。父亲像以前那样下地走动的时候，我就很担心，觉得他应该再小心一些才好，父亲总是坐着不动时，我又觉得他的身体毕竟不如从前了。我常常跟母亲谈起父亲的身体。

“都是心理作用。”母亲说。母亲总是把天皇陛下的病和父亲的病联系在一起考虑，我可不这么看。

“不是心理作用。真的身体没有问题吗？我总觉得心情还不是问题，而是身体越来越坏了。”

我这样说着，心里考虑要不要从远处请一位高明的医生来给父亲检查一下。

“今年夏天，你也过得挺没意思的吧。好不容易毕了业，我们也没能给你庆贺庆贺，你爸的身子这样糟糕，又赶上天子患病。你一回来就请客倒好了。”

我到家是七月五六日，父母提出为庆贺我毕业请客，是我到家一星期之后。然后又过了一个多星期，才好歹定下了日子。回到不受时间约束的悠闲的乡村之后，我才终于从令人厌烦的社交痛苦中解脱出来。但是，不了解我的母亲，似乎根本没有发现这一点。

天皇驾崩的通告传来时，父亲拿着那张报纸，“唉，唉”地直叹气。

“唉，唉，天子到底还是驾崩了。我也……”父亲没有说下去。

我上街买了黑绸子包住旗杆头，并留出一条三寸宽的黑色飘带，将旗杆斜插在大门边，伸向街道。旗子和黑飘带在无风的空气中无精打采地垂着。我家的旧门顶上是茅草葺的，经过风吹雨打早就变成了浅灰色，而且凹凸不平。我独自走到门外，望着那黑飘带和白绸子，以及白绸子中央染出的一轮红日，望着那面旗子与灰蒙蒙的茅草房顶相互辉映。我想起先生曾问我：“你家的房子是什么样式的？跟我家乡的民居风格不大相同吧？”我很想让先生看看我出生的这所旧宅，却又不好意思让先生看到它。

我又独自回到了房子里，坐在自己房间的桌旁，一边看报，一边想象着遥远的东京的情景。我的想象集中在日本最大的城市在怎样的黑暗中，怎样运转着的画面上。在那漆黑的，又不能不运转的令人焦躁不安的喧嚣城市中，我看到了犹如一盏灯火的先生的家。那时我还没有意识到，自己将不由自主地被这盏灯火卷入那无声的旋涡之中；当然更没有意识到，自己面临的是，再过些时日，眼前的这盏灯火就会骤然消失的命运。

我拿起笔，想把家乡发生的这件事写信告诉先生。可是，只写了十来行便又放下了笔。我把信撕成碎片，扔进纸篓里。（因为我觉得给先生写这些东西也没用，根据上封信的经验，先生根本不会回信的。）我太寂寞了，所以才会写信，并且盼望着先生能回信。

6

八月中旬，我接到了一位朋友的来信。信里写的是，有一个去地方中学当教员的机会，问我是否想去。这位朋友由于经济上的原因，自己四处在寻求这样的职业。这个工作他本来是为自己找的，但后来又找到了更好的地方，所以特意来信告诉我，想把这个富余的机会让给我。我马上回信谢绝了。我告诉他，有个朋友正费尽周折地想要找个教员的工作，还是转让给他吧。

我回信之后便跟父母说了这件事，他们俩好像对我的拒绝都没有什么意见。

“不去那种地方，你也会有更合适的工作的，对吧？”

从这句话里，我听出他们对我寄予的希望过高了。迂腐的父母好像期望着刚刚毕业的我，会得到相当理想的地位和收入。

“合适的工作？近来，那么好的工作是很难找到的。况且哥哥和我的专业不同，时代也不同了，老拿我和哥哥相比，可有点儿难办。”

“既然你已经毕业了，至少应该能够养活自己，不能老靠着家里。要是别人问起来，你家老二大学毕业后做什么事啊？我回答不出来的话，这老脸往哪儿放啊？”

父亲脸色阴沉下来。父亲从不曾离开住惯了的农村，根本不知道外面是怎么回事。经常有乡下人问他，孩子大学毕业后拿多少薪水，或者问，能挣一百多块吧？所以，父亲为了名声好些，总是希望刚刚毕业的我赶紧有个着落。在父母的眼里，一向把大城市当作立身之地的我，无异于想要天马行空的异星人。其实我也常常觉得自己是这种怪人，尽管我很想说明自己的想法，但在思想差距过于悬殊的父母面前只好保持沉默。

“你可以去求求你常念叨的那位先生啊，现在正是时候。”

母亲除此之外，并不了解先生。那位先生正是劝我回家后，趁父亲还活着的时候，赶快分财产的人，而不是我毕业后，可以帮忙介绍工作的人。

“那位先生是干什么的？”父亲问。

“什么也不干。”我答道。

我觉得老早以前就告诉过他们先生没有出来做事，父亲也应该记得的。

“什么都没干，又是因为什么呢？既然是你那么尊敬的人，总该做点儿事吧。”

父亲故意这样讥讽我。在父亲的脑子里，凡是有能耐的人，大都应该在社会上有相当的地位。于是，父亲得出了结论，先生准是个无能之辈，所以才游手好闲的。

“就连我这样的人，也没有闲待着呀，虽说没有薪水。”父亲还这样说。尽管如此，我仍然一声不响。

“那位先生要是真像你说的那么了不起，肯定能给你找个工作的。拜托过他吗？”母亲问。

“没有。”我答道。

“那怎么能行啊。你为什么不求他帮个忙呀？给他写封信也行啊。”

“嗯。”

我含糊其词地答应着，站起身，走出了父亲的房间。

7

父亲显然很担心自己的病。但是，医生每次前来问诊，父亲都没有问什么难为医生的问题。医生也有所顾忌，从没说过什么。

父亲似乎在考虑他死后的事情，至少在想象自己去世后的这个家。

“让孩子去上大学也好也不好，好不容易供他大学毕了业，他就绝对不回家了。这不就像是为了让父子分离才送孩子去上大学的吗？”

哥哥上大学的结果，就是远走他乡。我也因为受了教育，而决心在东京生活。培养出这样的儿子，父亲发发牢骚当然不是没有道理的。父亲想象着母亲孤孤单单地留在这座老旧的农舍里，会多么孤独。

父亲相信自己的家是不会发生变化的，住在这里的母亲只要还活着，也是不会离开的。父亲心里很矛盾，虽然为自己死后剩下母亲孤零零地留在这所空寂的家中感到深深的不安，却又想让我在东京谋个好职位。我觉得他这种矛盾的心理很可笑，同时又为因此能去东京而感到高兴。

在父母面前，我不得不装出正在努力寻找这种好工作的样子。我给先生写了一封信，详细地说明了家中的情况，并拜托他，如果有什么适合我的工作，请帮忙介绍一下，不管做什么都可以。我虽然觉得先生是不会理睬我这一请托的，而且就算他愿意帮助我，以他那样狭窄的交际圈，终归是无济于事的，但我还是写了这封信，我总觉得先生一定会回信的。

我封好信，去寄信之前对母亲说：“给先生的信写好了，是按您说的意思写的，您看看吧。”

正如我预料的，母亲没有看。

“是吗？那就赶快发出去吧。这种事就算别人不督促，自己也该早点儿着手的。”

母亲似乎还把我当孩子看，我也觉得自己像个孩子。

“可是，光寄信是办不成事的。不管怎样，九月份我得去东京一趟。”

“也许你说得对吧。不过也说不定会碰上什么好工作呢，最好是早些拜托他。”

“是啊。反正先生一定会回信的，到时候再说吧。”

在这方面，我很相信一向守信用的先生。我天天盼着先生的回信，但是，我的期待终究还是落空了。过了一个星期，依然没有先生一点儿音讯。

“大概是到什么地方避暑去了吧。”

我不能不对母亲这么解释。这不仅是对母亲，也是对我自己的一种交代。如果不找个什么理由为先生辩白一下，便觉得不安。

我常常忘了父亲的病，想尽早去东京。连父亲也常常忘记自己的病，他担心未来，却又不对未来做出任何安排。我始终没有找到适当的机会，依照先生的忠告，向父亲提出分财产一事。

8

到了九月初，我又要到东京去了。我要求父亲暂时还像以前那样给我寄生活费。

“老是待在家里，是找不到你所希望的那种好工作的。”

我说是为了寻找父亲所期待的那种职位才去东京的。我还说：“当然了，我找到工作以后，就不用寄钱了。”

其实我心里想的是，这种好事怎么会落到我头上来。可是，不了解外面情况的父亲，却一直固执己见。

“这是暂时的，我会给你汇钱的，但是长期这样可不行噢。找到好工作后，就得慢慢养活自己了。既然毕了业，按说第二天开始就不能再靠家里养活了。现在的年轻人，光知道花钱，压根儿不去想法子挣钱。”

除了这些，父亲还发了半天牢骚。其中有这样一句话：“从前是儿子养活老子，如今却是老子养活儿子。”对这些话我只有默默地听着。

感觉父亲的牢骚告一段落后，我刚想轻轻站起身离开房间，父亲忽然问起我什么时候走，我当然是希望越早越好。

“让你妈定个日子吧。”

“好吧。”

那时我在父亲面前格外乖顺，我想尽量不跟他老人家闹别扭，顺利地离开故乡。父亲又叫住我，对我说道：

“你一去东京，家里又要冷清了，这个家里只有我和你妈。我的身子骨要是结实也就罢了，可是瞧这样子，说不准啥时候就交代了呢。”

我尽力安慰了父亲一番，回到自己房间。坐在散乱的书籍中间，我一遍遍回想着父亲那忧心忡忡的神情和话语。这时我又听到了蝉声，那蝉声与前几天不一样，是寒蝉的噪音。夏天，我回到故乡时，呆呆地听着此起彼伏的蝉鸣，常常陷入一种莫名的悲哀中。我感觉，我的哀愁总是与这昆虫的噪音一起沁入自己的心底。每当这个时候，我总是一动不动地凝视着自己。

今年夏天回家以后，我的哀愁渐渐有了变化。正如油蝉的声音变成寒蝉一样，我感觉我周围的人的命运，也仿佛正在这大轮回中缓慢地运转着。我反复回想着父亲寂寞的神情和言语，同时又想起一直没有给我回信的先生。先生和父亲给予我的是完全相反的印象，因而我动辄就想要将二者进行一番比较和联想。

我几乎知悉有关父亲的一切，倘若离开父亲，只会怀念父子之情。而先生的大部分经历，我还不了解，而且，始终没有机会倾听他答应告诉我的他自己的过去。总之，先生在我看来是模糊不清的。然而，不穿越这混沌，抵达光明之所，我便心有不甘。同先生断了联系，对我而言是莫大的痛苦。我请母亲看了日子，确定了去东京的日期。

9

就在我要动身的时候（记得是两天前的傍晚），父亲又突然晕倒了。那时我正在给装满书籍和衣物的行李打捆，父亲在洗澡。听到去给父亲搓澡的母亲大声喊我，我跑去一看，光着身子的父亲被母亲从后面抱着。可是回到堂屋后，父亲却说不要紧了。为了慎重起见，我坐在父亲枕边，用湿手巾冰着他的头。直到晚上九点多钟，我才凑合吃了点儿晚饭。

没想到第二天，父亲的精神好多了。而且还不听劝，自己去上了厕所。

“已经不碍事了。”

父亲又重复了一遍去年年底摔倒时对我说过的话。那时候，的确像他说的那样，暂时不要紧了。我想，这回或许也没事吧。医生只是叮嘱我们，一定要多加注意，却不把话说清楚。我因此心神不定，到了出发的日子，也没有心思去东京了。

“要不我再待几天，没事了再走吧。”我跟母亲商量。

“最好这样。”母亲也希望我再待些日子。

母亲看到父亲有精神去院子或去后院的时候，丝毫不担心，可是一出现这种情况，她又过分地担忧。

“你今天不是去东京吗？”父亲问我。

“是啊，推迟了几天。”我答道。

“是为了我吗？”父亲又问。

我迟疑了一下，如果说是，就表明父亲的病情很严重似的，我不想让他太敏感。可是，他似乎看穿了我的心思。

“真是的，让你跟着着急。”他把脸转向了庭院。

我回到自己的房间，看到了地上的行李。行李打得很结实，随时可以走。我呆呆地站在行李前，犹豫着是否要把它打开。

在心神不宁之中，又过了三四天。这期间，父亲又突然摔倒了。医生命令他绝对要卧床休息。

“怎么个情况啊？”母亲小声问我，尽量不让父亲听见。母亲一副愁苦的样子。我打算给哥哥和妹妹发电报，可又看不出卧床的父亲有多么痛苦。跟他说话时，感觉他就跟患了感冒差不多，而且比平时吃得更多了。家人劝他少吃一点儿，他也不听。

“反正也是要死了，当然要尽量吃点儿好的。”

父亲说什么吃点儿好的，在我听来又可笑又心酸。因为父亲没有住在能吃到好东西的大城市，只不过晚上让母亲给他烤几片年糕，咯吱咯吱地吃一点儿。

“他怎么老是这样饥渴呀？看来他精神还不错呢。”

母亲对于已经不抱希望的事，反而寄托了希望。然而，她却把只有生病的时候才使用的“饥渴”这个老词儿，用在了特别有食欲上。

伯父来探望父亲的时候，父亲总是一再挽留，不让他走。

“再坐一会儿吧，我闷得慌。”这好像是父亲的主要理由。而他向伯父诉苦，说母亲和我不给他想吃的东西，似乎也是他的目的之一。

10

父亲的病在这样的状态下持续了一个多星期。这期间，我给九州的哥哥寄出了一封长信，妹妹那边是母亲写的信。我心想，说不定这是写给他们的最后一封有关父亲病情的信了，所以在给他们的信中都写了，一旦父亲病危，就给他们发电报，要他们到时候尽量赶回来。

哥哥工作很忙，妹妹正怀着身孕。所以，父亲的病不到最后关头，是不好轻易叫他们回来的。虽说如此，倘若他们特意赶来，却没能见上父亲最后一面，落下埋怨也不好受。在该如何把握发电报的时机上，我深切感受到了旁人无法理解的责任。

“这个我也很难说得那么准确，不过你要知道，危险随时都有可能的。”

从车站所在的那条街请来的医生对我这样说。我同母亲商量后，决定托这位医生介绍，从镇医院请一位护士来。父亲看见一位穿白衣服的女人来到枕边，跟他说话，便露出诧异的神色。

父亲早就知道自己患了不治之症，可是他并没有想到死亡已迫在眼前。

“等过些日子，我的病好了，还要去东京玩一次。人不知道自己什么时候死，所以想做的事，要趁活着的时候做。”

母亲无可奈何地附和着说：“那时候也带我一起去吧。”

有时候，父亲又非常凄凉地对我说：“我要是死了，你可要多孝敬你妈啊。”

我对“我要是死了”这句话记忆犹新，就是我毕业的那天晚上，也就是快要离开东京的时候，先生对夫人重复了好几遍的那句话。我回想起了笑着这么说的先生和捂着耳朵不愿听这晦气话的夫人，那时先生说的“我要是死了”只是单纯的假设，而现在父亲说的，却是随时可能发生的事实。我模仿不了夫人对先生的那种神态，但是，也不能不说些好听的话来安慰父亲。

“你千万不要说这样气馁的话，你不是说病好了以后还要去东京一次吗？这回和我妈一起去吧。到时候，你一定会大吃一惊的，东京变化可大了，光是电车路线就新开通了好几条。电车一通，街道就会发生变化，加上市政也在进行改造。总之一句话，东京可以说是一天二十四小时都在变，没有一刻消停的。”

出于无奈，我不住嘴地说了好多可说可不说的话，父亲似乎还挺爱听。

家里有病人，出入的人自然也就多了起来。住在附近的亲戚们三天两头地轮番来探望父亲，其中也有些住得比较远、平时不大来往的亲戚。有的还说："我以为病得多严重呢，看样子，眼下还不要紧，说话这么清楚，脸上也一点儿没见瘦啊。"我刚回来时，家里那么冷清，现在由于前来探视的人，一下子热闹起来了。

这期间，一直卧床的父亲病势越发沉重了。我跟母亲和伯父商量了一下，终于给哥哥和妹妹发了电报。哥哥回信说马上回来，妹夫也说即刻起程。妹夫前些日子曾告知我们，妹妹上次怀孕流了产，这回必须多加小心，以免变成习惯性流产，所以估摸着是他自己替妹妹来。

11

在这段心神不宁的日子里，我仍有独自静坐的空闲，偶尔还能看上十几页书。已经打好的行李不知什么时候全解开了，我从里面取出各种要用的物件。我检查了一下离开东京之前计划好的在这个暑假里复习的功课，实行的还不到计划的三分之一。虽说这种不愉快从前也有过多次，可还从来没有过过得这样不顺心的暑假。虽然我知道这是人世之常，却仍感到忧烦。

我心情郁闷地坐着，想着父亲的病情，想象着他死后的情景，同时，还想起了先生。我凝望着这两个构成我郁闷心情两端的，地位、修养、性格都迥然不同的面影。

当我离开父亲的枕边，抱着胳膊独自坐在杂乱的书堆中想心事的时候，母亲来了。

“睡一会儿午觉吧，你也够累的了。”

母亲并不懂得我的心情，我也不再是对母亲抱有这样期待的孩子了。我只是回应了一句“不累”。母亲还是站在门口，没有进来。

“我爸怎样了？”我问。

“正睡着呢。”母亲答道。

母亲突然走进来，坐在我身旁，问道：“先生还是没有回信吗？”

母亲很相信当时我说的话。那时，我向她保证过，先生一定会回信的。但是，我根本没有指望会收到父母所期望的那样的回信。其结果，就像我是故意要欺骗母亲似的。

“你再写一封信去吧。”母亲说。

倘若能使母亲感到安慰，写多少封没用的信我也不嫌麻烦。但是一再向先生拜托这种事情，使我感到痛苦，比起挨父亲训斥、惹母亲生气来，我觉得被先生看不起要可怕得多。我也猜测过，至今没收到先生的回信，莫非就是这个原因？

“写封信很简单，可这种事儿，光靠写信是不会有什么结果的。我必须到东京去一趟，直接拜托人家才行。”

“可是你爸病成这样，你还不知什么时候能到东京去呢！”

“所以我没走啊！我想，在爸的病还没有眉目之前，先不去东京了。”

“说的也是啊。怎么能放着这么重的病人不管，自己去东京呢。”

我开始暗暗可怜起了一无所知的母亲。但是，我不能理解母亲为什么偏偏在这样乱糟糟的时候提出这种问题。正如我竟然还有时间静静地读书，而把父亲的病放在一旁一样，我怀疑母亲恐怕心中也有着令她暂时忘却眼前的病人，思考别的事情的空隙吧。这时，母亲又说：“实际上……”

“实际上，我是想，你要是能在你爸活着的时候找到工作，他也就放心了。可是看这情形，他怕是看不到了。不过，他现在又能吃，脑袋也清醒，趁着这个时候，设法让他高兴高兴，尽尽你的孝心吧。”

然而，处境可怜的我却不能尽这份孝心，终于连一行字也没有给先生写。

12

哥哥回到家的时候，父亲正躺着看报纸。父亲素来有个习惯，什么事都可以不做，唯独报纸不能不读。由于卧床以后无事可干，就更爱看报了。母亲和我也尽量顺着病人的意愿，没有加以阻止。

“爸精神这么好，太好了。我还以为多重呢，这不是挺好的吗？”

哥哥这么说着，跟父亲聊了起来。他那兴高采烈的语调，我听着不大舒服。可是哥哥背着父亲和我单独在一起时，反倒显得很忧郁。

“不让父亲看报不行吗？”

“我也这么想，可是他非要看，没办法。”

哥哥默默地听着我的辩白，然后问道：“他看得明白吗？”哥哥似乎觉得父亲因为患病，理解力比平时差得多了。

“哪里，脑子清楚着呢。刚才我在他枕边坐了二十来分钟，聊了好些事儿，一点儿都不糊涂。看这样子，兴许还能撑不少日子呢。”

跟哥哥前后脚到家的妹夫，比我们还要乐观。父亲向他一一询问了妹妹的情况后说：“她身子那么不方便，还是尽量不要坐火车瞎折腾的好。她要是非要来看我，我反倒不安。”父亲又说：“不要紧的，过两天，等我病好了，我就去你们那边看看小外孙，好久都没去了。”

乃木大将[①]殉死的消息，也是父亲看了报纸最先知道的。

“不得了！不得了！”

我们都毫不知情，被他这突如其来的话吓了一跳。

---

① 乃木大将：即乃木希典（1849—1912），日本陆军大将。

“那时候，我还以为父亲的脑袋变得痴呆了，心里激灵了一下。”事后哥哥对我说。“我也吓了一跳。”妹夫也附和道。

其实那时候的报纸上，登的全都是乡下人每天盼着看的那种新闻。我坐在父亲枕边，仔细地看那天的报纸，没工夫看的时候，就悄悄拿回自己房间，一字不漏地看一遍。一身戎装的乃木大将和他那位身着宫中女官盛装的夫人的身影，深深地印在我眼里。

悲痛的风吹遍乡村的每个角落，在沉睡的草木都为之颤抖的极其悲痛的时刻，我突然接到一封先生的电报。在那种一见到穿西装的人狗就会叫的地方，连收到一封电报都是件不得了的大事。接到电报的母亲果然很是吃惊，特意把我叫到没人的地方，问道：“信里写了什么呀？”还站在旁边等着我打开信封。

电报的内容很简单，说是想见我一面，问我能否去东京一下。我思忖起来。

“一定是你托他找工作的事有了眉目。”母亲猜道。

我也觉得有这个可能，可又觉得有些奇怪。好歹把哥哥和妹夫都叫回来了，我怎么能扔下病危的父亲不管，跑到东京去呢？我跟母亲商量之后，决定给先生回电，说现在回不去，还尽可能简要地说明了父亲现在病情很严重。但是仍然觉得不妥，我又写了一封详细说明为什么回不去东京的信，当天发了出去。母亲认定是关于我拜托先生找工作的事情，非常惋惜地说：“真不是时候啊，没办法。”

13

我写的那封信很长，母亲和我都以为先生这回肯定会回信的。果然，在信发出的第二天，我又收到一封电报，上面只有一句："不来京也可以。"我给母亲看了电报。

"大概他是想给你写信吧。"

母亲似乎认定了先生会为我介绍工作，我也觉得有这个可能，但若从先生平日的为人来看，便觉得不对头了。在我看来，先生为我找工作是不可能的事。

"我的信先生还没有接到，所以这封电报一定是在看到我的信之前发来的。"

我对母亲说着显而易见的道理，母亲也煞有介事地想了想，回答："大概吧。"尽管我明知用这句话来为先生辩解是起不了任何作用的。

那天是主治医生请镇医院的院长一起来给父亲诊治的日子，所以我和母亲没有时间多谈这件事。两位医生进行了会诊，又给父亲做了灌肠等等处置后，就回去了。

自从医生命令静卧以来，父亲大小便都是躺在床上，靠别人伺候的。特别爱干净的父亲最初一段时间很不情愿，无奈身子不听使唤，也只好勉强这样了。而且由于病情日渐沉重，父亲的脑子好像也越来越迟钝，日子久了，就变得满不在乎了。有时弄脏了被褥，旁人见了都皱眉头，他反倒无所谓。不过，得了这种病，尿量特别少，医生也束手无策。父亲的食欲也渐渐减弱了，偶尔想吃什么，也只是嘴里头馋，根本咽不下去多少，连一向喜欢看的报纸都没有气力拿了。放在枕边的老花镜，也好久没有从黑色的眼镜盒里拿出来了。

父亲有个发小，名叫阿作，住在相隔七八里远的地方。他前来探望时，“哦，是阿作啊。”父亲睁开混浊的眼睛望着他说，“阿作，谢谢你来看我。看你这么结实，真叫人羡慕啊。我已经不行啦。”

“怎么会呢。老哥，你两个孩子都是大学毕业，就算得个小病，也没什么可埋怨的！你看看我，老婆子死了，又没个孩子，就这么孤单单地凑合活着，身子骨再结实也没什么意思呀。”

灌肠是阿作来过两三天之后的事了。父亲高兴地说：“真是多亏了医生，现在舒服多了。”父亲对自己的寿命似乎有了些信心，心情也开朗了。在一旁的母亲，不知是受了父亲情绪的影响，还是为了鼓舞病人，把先生来电报的事告诉了他，说得就好像已经如父亲所愿，我在东京找到了工作似的。我在一旁急得抓耳挠腮，可又不能阻止母亲，只得默不作声地听着。病人脸上露出了笑容。

“那可太好了。”妹夫也高兴地笑着说。

“什么工作，还不知道吗？”哥哥问。

事已至此，我连否认的勇气也没有了，便含含糊糊地应对了几句，找借口离开了父亲的房间。

14

父亲的病似乎已经到了只等最后一刻的关头，在鬼门关前徘徊着。全家人每天晚上都担着心上床，不知这命运的裁决会不会是今天。

看父亲的样子已经感觉不到任何痛苦了，这样一来，护理反倒变得轻松起来。为了以防万一，只留下一个人守在父亲房间里，其他人可以轮流回到自己的床铺上休息。一天夜里，我心里想事，还没睡着的时候，恍惚听见呻吟声，放心不下，半夜起身到父亲枕边去看了看。那天轮到母亲值夜班，她趴在父亲身旁，枕着胳膊睡着了。父亲也静静地安睡着。我又蹑手蹑脚地回到了自己的铺上。

我和哥哥睡在同一张蚊帐里。只有妹夫，大概因为是客人吧，独自睡在客厅里。

“关兄也真够受累的，拖了这么多天也回不去。”关是妹夫的姓。

“不过，他也不是忙得不得了的人，应该可以多住些日子吧。比起关兄来，倒是哥哥更难办，这么长时间拖下去的话……”

“难办也没法子，这不是别的事。”

我和哥哥的床铺是并排的，睡前这么聊了几句。在哥哥的脑子里，在我的心里，都觉得父亲的病肯定没救了。甚至想到既然没救了的话，那么……就仿佛我们做儿子的在等着父亲死一样。可是做儿子的又不敢说穿，而且我们哥儿俩都很清楚对方在想什么。

“父亲还以为自己会好起来呢。”哥哥对我说。

事实上也的确如哥哥所说的那样。乡亲们一来探望，父亲就非要见见人家。见了面又总是念叨一通没有办成酒席，很是遗憾，并一再表示等自己病好了一定补办。

“你的毕业酒宴没有办，挺好。我那时候可真是受罪啊。”哥哥的话勾起了我的回忆。我想起当时人们喝得一塌糊涂的情景，不由得苦笑起来，眼前浮现出父亲一桌桌劝酒的神情，心里很不是滋味。

我们兄弟间关系并不是那么好，小时候经常打架，最后被打哭的总是年幼的我。上大学后学的专业不同，也完全是我们性格的差异造成的。上了大学后，特别是接触先生之后，我远远观察哥哥，总觉得他是个很现实的人。我难得见到哥哥，相隔又那么遥远，因此，无论是时间还是距离，哥哥总是和我难以亲近。然而这次久别重逢，天天生活在一起，却不知从哪儿涌出了一股兄弟之情，当然现在的特殊境况也是一个重要原因。就这样，在我们兄弟俩共同的父亲命悬一线的枕边，哥哥和我握手交好了。

“你以后打算干什么？”哥哥问我。

我却答非所问地反问他：“咱家的财产到底怎么处理？”

“我不知道。到现在，爸一次也没提过。不过，说是财产，其实换成钱的话，也没有多少吧。”

而母亲到底是母亲，还惦记着先生的回信呢。总忘不了叮问我：“还没来信吗？”

15

“你总是说先生先生的，到底是谁呀？”哥哥问我。

“前几天不是跟你说过了嘛。”我回答。我对哥哥心生不快，老是这样，问过别人的话随后就忘掉了我。

“倒是听你说过的，可是……”

他的意思是，虽然听我说过，可还是不甚明了。我觉得没有必要非得让哥哥理解先生。可是哥哥竟生了我的气，我觉得哥哥的老毛病又犯了。

在哥哥看来，既然我那么尊敬地一口一个先生地叫，想必是个知名人士，至少也该是位大学教授吧。既没有名气，又什么都不做的人，有什么地方值得尊敬呢？在这一点上，哥哥的心思同父亲完全一样。不同的是，父亲轻率地断定先生是因为没有本事才游手好闲的；相反，听哥哥的口气，似乎是说先生虽有才干，却游手好闲，因而不过是个没出息的人。

“这么egoist[①]可不好，无所事事地活着，是懒汉哲学。人活着，就一定要最大限度地发挥自己的才能。”

我真想反问哥哥一句，你懂不懂自己说的egoist这个词的意思啊?

“不过，如果你能靠他谋到个好差事，还算不错。爸爸不是也很高兴吗？”后来哥哥又这样说。

只要没有接到先生的明确回复，我就不能这样去想，也自然没有勇气说什么。可是母亲一厢情愿地对大家这样说了出来，事已至此，我也不好马上否认了。无须母亲催促，我一直在等候先生的回信。盼望着这封信能带来家人所期待的介绍工作的事，那就好了。在濒死的父亲面前，在一心祈祷着为父亲求得哪怕一点儿安宁的母亲面前，在认为不做事便枉为人的哥哥面前，在妹夫、叔叔、婶子等人面前，我不能不为自己不以为然的态度而自责。

当父亲呕吐出奇怪的黄色东西时，我想起了先生和夫人曾经说过的那种危险。

“躺了那么久，胃口怕是变坏了。”母亲说。我望着母亲那懵懂无知的脸，眼里涌出了泪水。

哥哥在起居室遇到我时，问道：“你听见了吗？”他指的是医生临走时对他说的话。其实，用不着听医生说什么，我早就知道父亲那样呕吐意味着什么了。

---

① egoist：利己主义者。

“你有没有打算回老家来，打理家里这摊事？”哥哥回过头来望着我说。我什么也回答不了。

“这么多事，妈一个人哪成啊。”哥哥又说。哥哥似乎认为，我就是终老于家乡也毫不可惜。

“只是喜欢看书的话，在乡下也是一样的，而且又不用工作，不是正合适吗？”

“按理说，倒是应该哥哥回来的。”我说。

“我怎么能待在这儿呢？”哥哥一口否定了。听哥哥的口气，他胸怀着在这世上干出一番事业的雄心壮志。

“你要是不愿意的话，那就请叔父帮着照料一下。但是，妈必须得跟着一个人过。”

“妈愿意不愿意离开这里，这还是个大问题呢。”

父亲还没有死，兄弟俩就商量起父亲死后的事情来。

16

父亲开始说胡话了。

“我对不起乃木大将……真没脸见人……我这就跟着您老去……”

父亲不时地说出这样的怪话。母亲很害怕，想让大家尽量都守在父亲枕边。清醒的时候，感觉非常孤寂的父亲，好像也希望看到大家。特别是当他四下张望，看不到母亲的时候，一定会问："阿光呢？"即便不问出声，他的眼神也在问。我常常起身去叫母亲。"有什么事吗？"母亲放下手中的活计，来到病房。父亲有时只是呆呆地盯着母亲的脸，什么话也不说，有时又会说些毫不相干的事情。还有的时候，他忽然说："阿光，我也给你添了不少麻烦啊。"母亲每次听到这样温柔的话时，眼睛里便噙满了泪水。可随后，母亲必定会联想起身体健壮时的父亲。

"他说得多可怜啊，以前他可不是这样的。"

母亲讲起父亲拿笤帚抽打她后背等往事。这些事，以前我和哥哥听母亲说过好多次。可这回跟以往不同，我们感觉母亲的话听起来就像是对父亲的追忆。

父亲虽然凝视着自己眼前出现的死亡阴影，却还是没有说出算得上遗嘱的话来。

"趁着父亲还清醒，要不要问一问呢？"哥哥看着我说。

"是啊。"我答道。可我又一直觉得，我们主动提出这种事情，对父亲是不是不太好。我们两人决定不了，便去跟叔父商量。叔父也觉得很难办，他说：

"若是有什么想说的，没说出来就死了，的确很遗憾，但是我们若是主动催他说，恐怕也不妥吧。"

这个事就这么拖延下来。不多久，父亲陷入了昏睡状态。一向无知的母亲，仍然以为病人在安睡，反而高兴了，还说："好了，他能这么平静地睡觉，大家也轻松了。"

父亲常常睁开眼睛，突然问起某人怎么了。被他问到的往往是刚才坐在他枕旁的人。在父亲的意识里，形成了混沌和明亮两部分，那明亮的部分犹如缝在黑幕上的白线，断断续续地连接着。也难怪母亲把父亲的昏睡状态误认为是在安睡了。

父亲说话也渐渐含混不清起来，说出的话总是越往后越听不清楚，所以往往最终还是不得要领。但是，父亲每次开口说话的时候，声音还挺大，完全不像是病入膏肓的人。我们要跟他说话，也要用比平时更高的声音，凑近他耳边说才行。

“给你冰着脑袋，觉得舒服些吗？”

“嗯。”

我和护士一起给父亲换了冰水枕，然后把装好新冰块的冰袋敷在他的额头上。我在父亲光秃的额头旁边，轻柔地用手按平装在冰袋里的尖利的碎冰。这时，哥哥从走廊进来，一声不吭地把一封邮件递给了我。我伸出闲着的左手接过这封邮件时，不禁觉得很奇怪。

这封邮件比一般的信要沉得多，它不是装在一般的信封里，况且也不是一般信封能装得下的。它是用半纸[①]包着的，封口用糨糊粘得很结实。我从哥哥手里接过来时，就发现这是一封挂号信。翻过来一看，背面字迹工整地写着先生的名字。由于手占着，不能马上拆开看，我便把它先揣进了怀里。

---

① 半纸：日本一种写信、习字用的纸。

17

那天，父亲的情况非常不好。我起身去上厕所时，在走廊上碰见了哥哥。“上哪儿去？”哥哥像个哨兵似的，喝住了我，然后叮嘱我说：“今天的情况很不好，你可要尽量守在旁边啊。”

我也是这样想的。我又回到了病室，信仍然揣在怀里。父亲睁开眼睛问母亲，旁边的人都是谁。母亲一一告诉给他，这个是谁，那个是谁，每说一个人，父亲就点一点头。若是没有点头，母亲就大声重复一遍这是某某先生，并叮问一遍：“听见了吗？”

“真是让你们受累了。”

父亲说罢，又陷入了昏睡状态。围在枕边的人都静静地观察着父亲的状况。不一会儿，一个人起身到隔壁去了。随后又一个人出去了。之后，我也起身，回到了自己的房间。我是想看一直揣在怀里的信件才出来的。虽说在病人枕旁也可以看，无奈这封信的分量太重，不可能在那里一口气看完，所以我就趁着这个特殊时间来看信。

我撕开很结实的包装纸，拿出里面厚厚的一沓、字迹非常工整的稿纸。为便于封口，稿纸被叠成了四折。我把折出痕迹的洋纸反折了一下，展开弄平，好看信。

看到先生花费笔墨写了这么多页的信，我不禁甚为惊异，先生到底写了些什么呢？同时，我还时时留意着病房的动静。我预感到，在我没看完这封信之前，父亲一定会出什么事，至少我会被哥哥或者母亲，不然就是伯父叫去，无法踏踏实实地看完先生的信。我只是心不在焉地看了开头的一页，是这样写的：

“当你问起我的过去时，我没有勇气回答你。现在我相信，在你面前，我已经有了清楚地回答你的自由。然而这自由，不过是在等待你回东京期间，又将失去的人世间的自由。因此，如果不在能够利用时加以利用的话，我就将永远失去把自己的过去作为间接经验告诉你的机会了。这样一来，我曾经那么坚决地许下的诺言就成了谎言。不得已，我才把应该亲口告诉你的事，用这封信来告诉你。”

读到这里，我才明白了先生为什么要给我写这么长的信。我一开始就知道，先生是不会为我的糊口问题写这样的信的。然而，一向讨厌动笔的先生，怎么会想起把那件事写得这么长，寄来给我看呢？为什么不能等我回东京再对我说呢？

“因为自由了，便可以说了。但是这自由又将永远地失去。”

我在心里重复着这句话，却苦于不解其意。一阵不安突然袭来，我想要继续往下看，这时听见哥哥在病房那边大声喊我。我猛地一惊，赶紧站起身，快步穿过走廊，向众人守着的病房走去。我意识到父亲终于迎来了最后一刻。

18

我来到病室，见医生不知什么时候也来了。为了尽可能让病人舒服一些，他正试着给父亲灌肠。由于劳累了一夜，护士正在别的房间睡觉，不懂护理常识的哥哥正手忙脚乱地给医生打下手。一见我进来，就说了句“快来帮个忙”，说完便坐了下来。我把哥哥替下来，把油纸垫在父亲屁股底下。

父亲的样子显得舒服些了。医生在枕边坐了大约半个小时，看了灌肠的结果后，说了声“我回头再来”，便回去了。临走时又特意叮嘱说：“如果有事，可随时叫我。”

我也想退出随时可能有事的病房，接着去看先生的信。但是，我的心情丝毫没有得到一点儿放松。刚在桌前坐下来，便觉得哥哥又会大声喊我似的。如果再喊我的话，那便是父亲最后的时刻了，恐惧使我的手颤抖起来。我茫然地一页一页翻着先生的信，看见的只是规规矩矩嵌在方格中的字。可是我没有心情仔细去看，连一目十行的心情也没有。我一直翻到最后一页，正准备按照原来的样子叠起来放在桌上时，接近结尾的一句话，突然映入了我的眼帘：

“当你接到这封信的时候，恐怕我已经离开这个世界，早已死了吧。”

我大吃一惊，一直躁动不安的心，仿佛一下子冻结了似的。于是我又一页页地往回翻起来，每页看一二句地倒着读了下去。我急于在最短的时间内弄清楚想要了解的事，一眼望穿这满篇的文字，那时，我最关心的只是先生的安危。先生的过去，他曾答应过要告诉我的那个灰暗的过去，对我来说已然毫无意义。我往回翻看了几页后，焦急地叠起了这封不肯轻易告诉我关键内容的长信。

我又去病房门口，看了看父亲的情况。父亲的枕边格外安静，面带倦容、忧心忡忡的母亲坐在那里。我向她招招手，问："情况怎么样了？"母亲答道："现在稳定些了。"我走到父亲跟前，问道："怎么样，灌肠后感觉好些了吗？"父亲点点头，声音清晰地说了声"谢谢"。没想到父亲的神志还不糊涂。

我退出病室，又回到自己的房间。我看着钟表，查看了火车时刻表。我霍地站起身，系好腰带，把先生的信塞进衣袖里，然后从后门走了出去。我飞快地跑到了医生家，我想问清楚，父亲还能不能再坚持两三天，请他想办法再维持几天，打针或其他什么办法都行。不巧，医生不在家。我没有时间在这里等他回来，心里很乱。我马上叫了人力车，赶往火车站。

我将信纸按在车站的墙上，用铅笔给母亲和哥哥写了一封信，信虽然很短，但总比不言语一声就走要好。我托车夫立刻把信送到家里，然后义无反顾地跳上了去东京的火车。在哐当作响的三等车厢里，我再次从衣袖中取出先生的信，终于从头看到了尾。

下　先生和遗书

1

“……这个夏天，我收到了你的两三封信。记得在第二封信里，你托我在东京寻个体面些的工作。看了信后，我很想帮你这个忙，至少打算给你回一封信，不然就太说不过去了。然而，坦白地说，对于你的请托我几乎不曾尽力。你也知道，我交际面很窄，或者说，我过着遗世独立的孤寂生活更贴切。因此，即便我做出努力也是没有意义的。然而，这并非关键所在。说句实话，当时，我正为如何处置自己而深陷痛苦之中，就这样像个残留于世的木乃伊般苟活下去，还是……那时的我，每当想到‘还是’时，便不由得一阵哆嗦。我就如同飞奔到悬崖边，却愕然看见面前是深不见底的峡谷的人一般。我是个怯懦的人，和大多数怯懦的人一样，我感到痛苦不堪。很遗憾，毫不夸张地说，那时我心里，你这个人几乎是不存在的，具体说来，你找工作之事、你的糊口之资，这些于我而言都毫无意义，怎样都无所谓。我哪里还顾得上考虑这些，把你的信往信袋里一插，我仍旧抱臂沉思。家里多少有些财产的人，何至于刚一毕业就为了谋求职位而惶惶不可终日呢？我甚至怀着厌恶的心情，不屑地瞥了一眼远在家乡的你。我毫不掩饰地坦白这些，是为了说明本应给你回信，却没有回信的缘由。我不是为了激怒你，才说出这些冒犯的话。我相信只要你能看完这封信，便会明白我的本意。总之，原本我应该回封信，却没有那么做，所以愿在你面前，谢此怠慢之罪。

“后来，我给你去了封电报。说实在的，那时，我想见你一面，并按照你的希望，把我的过去统统告诉你。你回电说，眼下不能来东京，我很失望，久久地凝视着电报。你似乎也觉得只打电报不妥，随后又给我写来一封长信，所以对于你不能来东京的原因，我已经很清楚了。我丝毫不认为你是个失礼的人，你怎么能不顾垂危的父亲，自己离开家呢？反倒是我不顾你父亲的生死，要你回京才是欠妥的。——其实我拍那封电报的时候，已经忘记了你父亲。尽管你在东京的时候，我还一再提醒你，你父亲得的是疑难病症，万不可大意。我就是这样一个矛盾的人！也许是我头脑混乱造成的，但更像是被我的过去压迫成了这样矛盾的人吧。在这方面，我有着清楚的自省，请你务必原谅我。

“看到你的信——你的最后一封信时，我才发觉自己做了件错事。所以，我想回一封信向你道歉，可是拿起笔来，一行没写就放下了。因为倘若我要给你写信的话，就要写这封信，而写这封信还为时过早，所以就没有写信，又拍了一封简短的‘不来京也可以’的电报给你。

2

“之后，我就开始写这封信。由于平时不常写东西，总是不能够随心所欲地表述事情的经过或想法，感到颇为痛苦。我险些就要放弃对你的这份义务了。但是，尽管几度停下笔来，都未能作罢。不到一个小时，又想写了。也许，你认为我是个很看重履行义务的人吧，我也不想予以否认。正如你知道的，我是个独往独来的孤僻之人，因此算得上是义务的义务，遍观我的周边，没有在任何角落扎下根。不知是有意还是无意，我过着尽量减少义务的生活。但是，并非对义务冷漠，我才变成这样的，反倒是敏感过头，没有精力忍受刺激，才变得如你所看到的那样，消极度日。因此，一旦答应了人家，却不能兑现承诺，我就会极其厌恶自己。即便是为了避开这种自我厌恶的心情，我也不能不再度拿起放下的笔，给你写这封信，以履行我对你的承诺。

“而且，我自己也想要写一写的，即便没有义务这一说，我也想写写自己的过去。我的过去只是我个人的经历，所以也不妨说是属于我个人的，若不把它讲述给别人知道就去死的话，别人会说很可惜吧。我多少也有这样的想法。只是我想，与其告诉那些不能理解我的人，还不如干脆把它同我的生命一起埋葬掉的好。说真的，如果现在我不认识你这样一个人，我的过去便终归只是我的过去，连间接地成为别人的借鉴也是不可能的。在几千万日本人中，我只想对你讲出我的过去，因为你是认真的，因为你说过‘希望认真地接受人生的教训’。

“我要将黑暗的人世间的阴影无所顾忌地抛到你的头上，但是，你不要害怕。你凝视着那些阴暗的东西，从中选择你可以借鉴的。我所说的阴暗的东西，当然是伦理道德层面上的。我是被旧的伦理道德孕育、熏陶而长大成人的，这种伦理道德上的思维，或许与当今年轻人的理念大相径庭，但无论怎样不同，却是我自身之物，它不是花钱租来的衣裳。因此我想，对于今后想出人头地的你来说，多少会有参考价值的吧。

“你还记得吧，你常常跟我讨论一些现代思想的问题，你也很清楚我的态度吧。虽说我没有轻视过你的见解，但也绝对说不上敬佩。你的思想没有任何底蕴，而且你太年轻，不可能有什么阅历。我常常笑你，你时常流露出不满足的神色。最终，你逼迫我把我的过去展示给你，犹如展开一幅画卷一般。直到那时，我才从心底里开始尊敬你。因为我看到了你不顾一切地要从我的体内捕捉某种活生生的东西的决心，你要剖开我的心脏，吮吸那温热的、流动着的血。那时我还活着，还不愿意死，所以，就约定了以后告诉你，而拒绝了你的要求。现在，我要剖开自己的心脏，将鲜血洒到你的脸上，倘若在我的心脏停止跳动的时候，能在你胸中孕育新的生命，我就心满意足了。

3

“我失去父母的时候，还不到二十岁。记得我妻子对你说过，我的父母死于同一种疾病，而且几乎是前后脚去世的（妻子说你当时非常惊讶）。实际上，我父亲得的是伤寒，传染给了看护他的母亲。

“我是父母唯一的孩子，由于家境优裕，我从小到大可说是一帆风顺。回顾往昔，如果父母没有死，或一方还活着的话，我应该会将那优越的心态保持到现在的。

“父母双双去世后，留下了懵懂无知的我。我既无知识，又无经验，不谙世事。父亲死的时候，母亲没有能够陪在他身旁；母亲死的时候，连父亲的死讯也没有告诉她。不知母亲意识到了，还是没有相信别人所说的‘父亲正在好起来’，母亲只是把一切都委托给了叔叔，指着在场的我说：‘这孩子，就请你费心照顾照顾吧。’在那之前，我就得到过父母的许可，准备去东京求学。母亲似乎也有意提及此事，刚说到‘去东京……’，叔叔马上接过来：‘好的，你就放心吧。’也许是母亲体质好，耐得住高烧吧，叔叔曾对我夸赞过母亲，说她‘脑子很清醒’，但这是否就是母亲留下的遗言，现在想来仍不得而知。母亲当然知道父亲的病的可怕，也知道自己被传染上了，可她是否相信自己会被此病夺走生命，现在还是很值得怀疑的。而且，母亲发高烧时说出的话，纵然再明晰有条理，也经常说完就忘得一干二净，所以……不过问题不在这里。只是那时候，我就已经有了这个毛病，动不动就把事物大卸八块，翻来覆去，细细琢磨。这一点一开始我就应该跟你交代一下，在叙述里加入这种跟眼下的问题毫无关系的实例，反而会有些用处。你就这样看下去好了。因为我想，这种个性可能会影响一个人的所作所为，使得我日后越发怀疑起了他人的道义之心。毫无疑问，正是我的个性促使我走向了烦闷、苦恼的深渊。请你务必记住这一点。

“话一走题，难免让人不明白，还是言归正传吧。我自认为，能够写这封长信，说明比起处境与我相同的人来，我多少还是比较淡然处之的。夜深人静后，电车的声响已停歇，不知何时，木板套窗外传来幽幽虫鸣，使人不觉想起眼下正值银露霜秋，一无所知的妻子在隔壁睡得香甜。我拿着毛笔，一笔一画地刷刷地写着，此时此刻，我的心情可以说是平静如水的，虽然笔尖会由于不常写字而滑出线外，但绝非头脑混乱，信笔胡写。

4

“总之，只剩下了我一个人，除了依照母亲的嘱咐，依靠这位叔叔之外，没有别的办法。叔叔也把所有的事都承担了下来，无比周到地关照我的生活，而且还为我安排去我向往已久的东京上学之事。

“我来到东京，上了高中。那时候的高中生比现在要蛮横、粗野得多。我的一个朋友，一天晚上和工匠打架，竟用木屐打破了人家的脑袋。因为喝醉了酒，在混乱中他的学生帽被对方抢去了，帽衬里的菱形白布片上清清楚楚写着他本人的名字。这回可麻烦了，他险些被警方告到学校。幸而有朋友们多方周旋，事情总算未闹大。这么粗野、荒唐的事，你们这些成长在当今这样文明的社会风气中的年轻人听来，一定会觉得愚蠢之极吧。其实，我也觉得很愚蠢，然而，他们身上却有着如今的学生所没有的质朴。那时候，叔叔每月给我的钱，要比现在你父亲寄给你的生活费少多了（当然物价跟那时候也不一样）。尽管很少，我也没有觉得不够用，而且在众多同学之中，我绝不至可怜到在经济上羡慕别人的地步。现在想来，也许自己倒是被别人羡慕的吧，因为，我除了每月固定的汇款外，还常常向叔叔要买书的钱（我从那时起就喜欢买书）和一些临时费用，能够随心所欲地开销。

“年少无知的我，不仅十分信任叔叔，还总是怀着感激之情，把叔叔当作了不起的人来尊敬。叔叔是个企业家，还做了县议会议员。大概是这个缘故，记得叔叔与政党也有关系。从这一点来看，叔叔虽然是父亲的胞弟，性格却与父亲截然不同。父亲是个笃实本分的人，老老实实地守着继承的祖业。他嗜好品茶插花，还喜欢读些诗歌什么的，对于书画古董之类也颇有兴趣。我家在乡间，叔叔则住在相距大约八公里远的市[①]里。市里旧家具店的掌柜常常专程带些字画、香炉之类的古董，拿来给父亲看。简而言之，父亲可以说是个man of means[②]，算是个比较喜欢附庸风雅的乡绅。因此，就性情而论，和好交际的叔叔很不一样。然而，两个人的感情却相当好，父亲经常称赞叔叔是个远比自己有作为、可信赖的人。还说像他自己这样继承了父母财产的人，天赋才干必然会迟钝。换言之，因为无须与人竞争，所以才这样碌碌无为的。这些话，母亲听到过，我也听到过。我想父亲显然是说给我听的，希望我不要像他那样。‘你要好好记住啊。’这句话，当时父亲是看着我说的，所以我一直没有忘掉。我怎么能怀疑受到父亲如此信赖、称赞的叔叔呢？叔叔本来就是我引为自豪的人。对于父母去世后，一切都要仰仗其帮助的我来说，叔叔不仅仅是让我感到自豪的人，而且已是我人生中不可缺少的人了。

---

① 市：日本行政区域名称。

② man of means：指有财产的、富有的人。

5

“我第一次利用暑期回故乡的时候，叔叔婶婶已经住进了父母去世后空无一人的老宅中，成了新主人。这是在我去东京之前就说好的。因为，剩下我一个人，又不在家住，也只能如此了。

“那时候，叔叔好像跟城里的许多公司都有业务关系。他曾经笑着说，若从去公司上班的角度来说，住在以前的住所要比搬到相距七八公里远的我家来，方便得多。这是父母死后，我跟叔叔商量如何处置房子，去东京求学时，叔叔流露出来的。我家的老宅很有年头了，因此在那一带颇为有名。你的家乡也是这样吧？在乡下，倘若有名望的宅子虽有继承人，却被拆掉或卖掉的话，可是件了不得的大事。要是搁现在，我当然不觉得有什么难办的，但那时我还是个孩子，已经去了东京求学，又要保留宅子，所以为此很是发愁。

“叔叔只好同意搬进我空荡荡的家里。但是他说，如果不让他保留城里的住处，两边住着的话，会很不方便。我当然不会反对。我想的只是，不管什么条件，只要自己能去东京就行。

“孩子气的我，虽然离开了故乡，心里仍旧希望故乡有个让我依恋的家。我是以游子之心渴望着，家乡还有自己可以回归的家园。无论多么喜欢东京而离开家乡，一放假就必须回家的心情依然非常强烈。在专心学习、愉快游玩之余，我常常梦见放假时就可以回去的故乡的家。

“我不知道在我离家期间，叔叔是怎样两地跑的。我回到家的时候，他的家人全都住在这座宅子里。上学的孩子大概平时住在城里，放假后，为了也让他们到乡下来玩玩，才带回来的。

“大家见到我都很高兴。我看到家里比父母在世时反而更加热闹，更有生气，也感到很快活。叔叔把占了我房间的大小子轰出去，让我住进去。家里的空房还有不少，我推让了一番，说自己住别的屋子也可以。但是叔叔不答应，说‘这是你的家呀’。

“除了时常想念故去的父母外，我没有什么不愉快的。我和叔叔全家一起度过这个夏天之后，又回到东京去了。只是，这个夏天里发生的一件事，在我心中投下了一层淡淡的阴影——叔叔婶婶竟然一起劝我这个高中生结婚。而且，前前后后提了有三四回。由于事出突然，起初我只是感到十分惊愕。第二次提起时，我便干脆拒绝了。当他们第三次提起此事时，我终于忍不住反问，为什么这样做。他们只是说，我早点儿娶媳妇，好回这个家来，继承亡父的家业。我那时觉得，自己只要放假回来就可以了。为了继承父亲的家业，就应该结婚，二者似乎都有道理。我熟知乡下的习俗，能够理解叔叔的提议，我也并非对此事特别反感。但是，对于刚刚到东京求学的我来说，那是很遥远的事，就仿佛从望远镜里看到的景物一般。我没有同意叔叔的安排，再次离开了家乡。

6

“关于提亲的事情，我就此忘掉了。我观察过身边的同学，没有一个人像是拖家带口的，他们貌似都过着自由自在的独身生活。若是深入了解，这群快活的年轻人中，或许也有人迫于家人压力已经娶妻，然而天真单纯的我，没有发现这样的人。况且，这种有家累的人，也往往会顾忌别人的看法，尽量不去谈论那些跟学生生活无关的私事吧。后来我才意识到，自己已然属于这类人了，但当时竟没有丝毫察觉，仍然天真快活地行进在求学之路上。

“到了学年末，我又打起行李，回到了父母长眠的乡间。于是，同去年一样，在我父母曾经生活的家中，又见到了叔叔婶婶和堂弟堂妹们迎接我的笑脸。在这里，我又一次闻到了故乡的气息。那气息对我而言依然亲切如故。当然，作为打破一个学年单调生活的调剂，也是很宝贵的。

“但是，在从小习惯的熟悉气氛中，叔叔又突然将婚姻问题摆在了我的面前。他不过是把去年的劝说重复了一遍，理由也和去年完全一样，只是上回谈的时候没有说出具体对象，这次明确地提出了候选人，因此我就更加为难了。那位姑娘就是叔叔的女儿，也就是我的堂妹。叔叔说：‘你娶她对彼此都有好处，你父亲生前也这么说过，我也觉得这样做比较有利。’父亲对叔叔这样说过也不是不可能，但我是听叔叔这样说了之后才知道的，根本不记得曾经有过这码事，因此颇感意外。虽说意外，但也知道叔叔的要求并没有什么不妥。也许我是个粗心大意的人吧，不过主要原因恐怕还是从来没有对堂妹留心过。我从孩提时起，就常常去住在市里的叔叔家玩耍，还常常留宿在叔叔家。所以，从那时候起，跟这位堂妹就很熟悉了。你也知道的，兄妹之间产生恋情，还没有先例。也许我是借用这一公认的事实来敷衍吧。我总觉得朝夕相处的男女之间，会失去相爱所需的刺激引发的清新感觉。正如在焚香的一瞬间才闻得到香味一样，品酒只有在刚入口的一刹那才最有味道。同样的道理，爱情的冲动也只存在于顷刻之间，一旦没有感觉地度过那个瞬间，那么越熟悉越亲密，越会使爱情的神经渐渐麻痹下去。我思来想去，无论如何也不想娶这位堂妹做妻子。

“叔叔说，若是我坚持的话，推迟到我毕业前结婚也可以。他还说：俗话说‘善宜从速’，可以的话，趁现在先喝了交杯酒。堂妹并非我心仪的女子，无所谓早办还是晚办，我再次拒绝了。叔叔满脸不悦，堂妹也哭了。她并不是因为我不同意结婚才伤心的，而是因为一个女人遭到男方拒绝，很丢面子。我很明白，正如我不爱堂妹一样，堂妹也不爱我。我又到东京去了。

7

“我第三次回故乡，是那以后又过了一年的夏初。我总是焦急地盼着学年考试结束，好逃离东京，可见，故乡对我来说是多么亲切。你也有这种体验吧？故乡的空气清新宜人，泥土的气息也格外好闻，无处不弥漫着父母在世时的浓浓亲情。一年之中的七、八两个月，我就像入洞的蛇一般，一动不动地蜷缩在这温馨的氛围中，对我来说，这是莫大的享受。

“单纯幼稚的我，觉得没有必要因为和堂妹结婚的问题而苦恼。我以为不愿意做的事情就拒绝，只要拒绝了就没事了。所以，尽管我没有违背自己的意志去服从叔叔的安排，也觉得心安理得。在过去的一年间，我从没有为此事烦恼过，仍旧高高兴兴地回到了故乡。

“但是，回来后我发现叔叔的态度变了。他没有像以往那样，亲热地给我个拥抱。尽管如此，一向大大咧咧的我，回家后四五天也没有觉察到，只是偶然一件什么事情，使我突然感觉有些异样。这种奇怪的变化不仅出现在叔叔身上，婶子、堂妹也变了，就连给我写信的叔叔的儿子——信里说打算中学毕业后投考东京高等商科，想跟我了解有关情况——也变了。

“我的个性使我不得不琢磨起来，为什么我的心情会变成这样呢？不对，为什么他们变成这样了呢？我突然怀疑是不是死去的父母洗涤了我那迷糊的眼睛，让我一下子看清了社会呢？因为在我的内心深处，总是相信父母纵然离开了这个世界，也会像在世时一样爱我的。不过那时候，我绝不是不明事理的，只是祖宗遗传下来的迷信思想，依然根深蒂固地潜伏在我的血液中，至今都没有消失吧。

“我独自一人去了山上，跪在父母的墓前。我是怀着一半哀悼、一半感激的心情跪倒在这里的，仿佛躺在这冰冷的墓石下面的父母手里，还掌握着我未来的幸福。我怀着这样的心情祈求他们护佑我。也许你会笑话我，随你嘲笑好了，我本来就是这样的人啊。

“我的世界整个颠倒了。然而，对我来说，并不是第一次有这样的体验。大约在我十六七岁时吧，我初次发现人间竟然有那么美的东西的时候，曾经惊讶万分过。我不知怀疑过自己的眼睛多少次，不知把眼睛擦了多少次，我在心中呼喊：啊，太美了！说到十六七岁的年纪，无论男女都是人们说的情窦初开的时候。春情萌动的我，开始把女人看作人间美的代表了，我那从不曾注意过异性存在的盲人般的眼睛，突然对她们洞开了。从那以后，我的天地焕然一新了。

“发觉叔叔的变化时，我的心情也与此相同，是突然觉悟的。没有任何预感或精神准备，是突如其来的。在我的眼里，叔叔和他的家人骤然间变得完全陌生了。异常震惊的我开始担心，倘若照这样子下去，自己今后的日子可怎么办。

8

“于是，我产生了一个念头，对于以前任由叔叔打理的家产，如果不彻底搞清楚的话，便对不起父母的在天之灵。而叔叔总是口口声声地说事务繁忙，事实也确如其所说。他每晚都居无定所，常常回家住两天，在市里住上三天，两头奔波。每天都过着忙得不可开交的日子，‘太忙了’成了他的口头禅。在我还没起疑心的时候，也曾以为他真的很忙。而且，我还不无讥讽地理解为：若不忙碌，就跟不上潮流了。但是，当我想要就财产问题跟他好好坐下来谈一谈的时候，再看他那副忙碌的样子，只能认为这不过是他故意躲避我的借口而已。总之，我很难找到跟叔叔摊牌的机会。

“我听闻叔叔在市里养着个外宅，这是中学时的一个朋友告诉我的。纳妾这事本身，对于叔叔而言不足为奇，但在父亲活着的时候，我不曾听闻，因此不觉愕然。此外，这位朋友还告诉了我有关叔叔的许多传闻。其中一件是，有一个时期，人们都以为他的事业面临破产，然而这两三年又突然红火了起来。这个消息也加深了我的怀疑。

“我终于和叔叔开始了谈判。使用‘谈判’这个词也许不大妥当，但是从事情的发展来说，已经到了只有用这个词形容才恰当的地步。叔叔总想把我当个孩子来糊弄，而我则是带着猜疑的眼光坐在谈判桌前的，因而，不可能平和地加以解决。

“很遗憾，我现在急于往下交代，以至于无法把那次谈判的详细始末写在这里。说实在的，还有比这重要的事情等着我去写，我的笔尖跃跃欲试，想尽快奔向那里，我好容易才控制住它。永远失去了对你从容讲述的机会的我，不仅不习惯写字，而且从珍惜时间的意义上说，也必须略去一些想说的内容。

“你还记得吧，我曾跟你说过，社会上并没有天生的坏人，很多好人会在关键时刻突然变成坏人，因此不可不提防。当时，你还说我情绪有点儿激动。后来，你又问我，好人在什么情况下会变成坏人。当时，我只回答了一个‘钱’字。那时候，你显得不太高兴，我现在还记得你当时的样子。现在，我可以告诉你了，那时我想到的就是这位叔叔。我是怀着憎恶，把他作为正常人一见到钱就变成恶人的例子，作为世人皆不可信赖的例子联想起来的。我的回答对于要深入探索思想领域的你来说，也许是不能令你满足的，是陈腐不堪的。但是，从我的角度来说，却是活生生的回答。那时，我的确特别激动，我相信，用灼热的舌头叙述平凡的道理，要比用冷静的头脑分析新鲜事物更为生动。因为，人的身体全凭血液推动；因为，语言不仅能使空气产生波动，还能够更强烈地作用于更强之物。

9

“总归一句话，叔叔骗取了我的财产。他在我去东京的三年间，轻而易举就做到了。我漫不经心地把一切都委托给叔叔打理，从世俗的角度看，我简直是个大傻瓜。但是，若从脱离世俗的层面来说，或许也可以说，我是个纯洁可敬的人吧。每每回顾过去，我便为自己过分憨直的天性而懊悔不已，自己为什么没有脱胎为坏人？同时也想过，要是能够回到刚出生的纯洁无瑕之时，重新活一次该多好啊！请你记住，你所认识的我，是已经被红尘污染了的我。如果把几经污染的长辈称为前辈的话，我的确可以算是你的前辈吧。

“倘若我按照叔叔的要求，和他的女儿结婚的话，在物质方面会对我有利吧，这是不言而喻的。叔叔是存心要把女儿强加给我的，他向我提出婚姻问题，不是为了两家的交好互利，而是受到卑鄙的贪念驱使。我并不是厌恶堂妹，只是不爱她，所以拒绝了婚事，我还是感觉愉快的。尽管被欺骗，无论怎么说都是这回事，但若站在被欺骗的我的立场上，从没娶堂妹、没任由他们摆布这一点来看，多少坚持了自己的意志。然而，这完全是不值一提的琐事，尤其是让你这个局外人评说的话，一定会说我这个人冥顽不灵吧。

“其他亲戚也介入了我和叔叔之间的谈判。对这些亲戚我是完全不信任的，何止不信任，可以说是敌视的。我发觉叔叔欺骗我的同时，就认定其他亲戚也一定会加害于我。我的逻辑是，就连父亲那么称赞的叔叔尚且如此，更何况是他们!

“即便如此，他们还是把我名下的所有财产给整理出来了。换算成钱的话，比我预想的数额要少得多。我只有两条路可以选：要么默默地忍了，要么和叔叔对簿公堂。我气愤极了，却又犹豫不决。我担心打官司要拖拖拉拉很长时间，再加上我正在求学期间，作为学生，失去宝贵的学习时间是非常痛苦的事情。我权衡再三后，请住在市里的中学时的朋友，把我继承的家产全部变卖，换成现金。老同学劝告我这样做不太划算，但是我没有听。因为那时，我下了决心，要永远离开故乡，发誓再也不跟叔叔见面。

“离开故乡之前，我又去了父母的坟前。从那以后，我再也没有去看过他们，恐怕永远也没有机会再去看他们了。

“老朋友照我的意思办妥了这件事。不过，那已经是我回到东京之后很久的事了。打算在乡下卖地，也不是那么容易的，而且一旦给人家摸了底，便会被买主狠狠杀价，所以我最终卖的价钱比时价亏了许多。坦白地说，我的财产只有离家时身上带的若干公债和后来这位朋友汇来的这笔钱。不用说，父母的遗产自然是少得可怜。而且，并不是我主动减少的，因此心情越发恶劣。但是，对于维持一个学生的生活来说，这些钱绰绰有余。说实在的，我连这些钱的利息的一半都没用完。正是这阔绰的学生生活，后来使我陷入了万万想不到的境况。

10

“既然不愁钱花，我就想要搬出嘈杂的寄宿住家，另找房子独住。但是，如此一来，既要添置日用器具，又要雇个管家的婆子，而且，这婆子还得老实本分，即使我不在家，也无须担心才行。所以，这事似乎也不大容易。一天，我漫然想到，不如先找找房子看。于是一边散步，一边沿着本乡台往西走下去，顺着小石川的上坡路，一直往传通院[①]方向走去。通了电车之后，现在这一带已经完全改观了，但那时候，左边是炮兵工厂的土墙，右边是一片既非平原又非丘陵的空地，长满了荒草。我站在草丛中，漫不经心地眺望着前面的山脊，虽然现在依然很美，但当时还是西边的景致更入眼，光是那生机盎然的满目葱绿，就足以让人心旷神怡了。我忽然想到，这一带说不定会有合适的房子，便马上穿过荒草覆盖的空地，沿着小路向北走去。如今那里仍是个偏僻的所在，那时候更是穷街陋巷，脏乱不堪。我穿过那片空地，拐进小巷，转来转去地溜达。最后，我向一家粗点心铺的老板娘打听，这一带是否有比较像样

① 传通院：别称小石川传通院。佛教净土宗的寺院，1603年德川家康将其母的遗骨埋葬于院内的墓地，成为德川将军家的菩提寺。

的出租屋。‘这个嘛，’她歪着脑袋想了一下，说，‘出租屋好像没有……’我失望地正准备往回走时，她又问道：‘借宿人家行不行？’我一听，来了兴趣，心想，如果是自己一人寄居在清静的人家里，倒是省去了置办日用家具的麻烦，也蛮不错的。于是，便在这家点心铺里坐下来，向老板娘详细打听了那户人家的情况。

“据老板娘说，那家人是军人的家属，或者说，是军人的遗属更恰当，听说男主人是在日清战争①时死去的。大约一年前，她们还住在市谷的士官学校附近。由于挨着马厩，房子又太空旷，便把它卖掉，搬到这里来了。可是，家里人口少，觉得特别冷清，便托她打听着，若有合适的寄宿者，给介绍一下。我从老板娘那里还听说，那家人除了遗孀、独生女和女佣人之外，再没有别人。我暗自思忖，这么清静的地方真是太中意了。可是又担心，像我这样的人，贸然前去，对方会不会一看是个不知来路的学生，就立刻拒绝呢？我甚至想放弃了。然而，我虽然是个学生，穿着却并不寒酸，而且还戴着一顶大学生帽。你一定会笑话我吧，心说，戴大学生帽又怎么样？可那时候的大学生跟现在有所不同，在人们眼里是有信用的人。在那种场合，我居然从自己的四角帽中找到了某种自信。就这么着，我根据点心铺老板娘告诉我的信息，没经任何人牵线，便造访了那位军人家属的家。

① 日清战争：即中日甲午战争（1894—1895）。

“我见到那位遗孀，说明了来意。她详细询问了我的身世、学校、专业等诸多问题之后，似乎觉得这就可以放心了，当即对我说，什么时候搬来都可以。这位孀妇是个正派的人，也是个爽快的人。我钦佩地想：军人的妻子难道都是这样的？我对她很钦佩，同时也很吃惊，我不明白，这样秉性的人怎么还会感到寂寞呢？

11

“我很快就搬进了这户人家，租住了初次来访时孀妇接待我的那个客厅。这是宅子里最好的一间屋子。因为那时，本乡台一带正陆续盖起一些高级寄宿式住宅，所以我清楚地知道，作为一个学生所能住的最好的房间是什么样的。我成为新主人的这个房间要比那些寄宿住宅还要漂亮。刚搬来时，我还觉得自己是个学生，住得这么好未免太奢侈了些。

“这是个八叠大的房间，壁龛旁边摆放着一个多宝格架子，对着檐廊有一个壁橱。虽然一扇窗子也没有，但是朝南的檐廊上总是洒满明媚的阳光。

“我搬来的那天，看见房间里的壁龛前摆了一瓶插花，插花旁边立着一把古琴。花和琴我都看着不顺眼。我自幼是在嗜好诗书、品茶的父亲身边长大的，从小便受到了唐式风雅情趣的熏陶。也许是这个缘故吧，我不知不觉养成了轻视这种庸俗装饰的习性。

“父亲在世时收集的古玩字画，已经被叔叔倒腾得差不多了。不过，多少还留下了一点儿，我离开故乡时，全寄存在中学时代的朋友那儿了。我从里面选了四五幅喜欢的，不用挂轴套盒，直接塞在行李箱的最下面，刚一搬来，我就打算把它们拿出来，挂在壁龛里欣赏。可是，一看见这把琴和插花，顿时兴致尽失。后来我才知道，这花是小姐特意为招待我而插的，只好心中苦笑。不过，那把琴是以前就放在这里的，大概是因为没有地方放，只好靠在这里吧。

“听我这么一说，想必你的脑子里会掠过一个年轻女子的身影吧。其实我也如此，还没搬进来的时候，就已经有了这样的好奇心。不知是这种念头影响了我的坦然态度，还是我着实不善交际，反正我初次见到这位小姐时，只是手足无措地问了个好。幸而，小姐也是一样的羞涩满面。

“我原本是通过遗孀的风度和做派来想象这位小姐的。然而，我的想象对小姐来说并不太有利，既然军人的妻子一般是那样的，那么她的女儿也多半是这样的吧，我的推测按照这个逻辑逐渐展开。但是，见到小姐的一瞬间，这些猜想全都烟消云散了，一股迄今为止从未想象过的异性的清新芳香沁入我的脑中。从那以后，我对壁龛正中的插花再也不觉得讨厌了，同样，对壁龛旁靠着的琴也不觉得碍事了。

“花快要凋谢的时候便会换成新的，琴也常常被小姐拿到走廊拐角斜对面的房间去弹。我在自己的屋子里，坐在桌前双手托腮，听着那琴声。我听不出琴弹得怎么样，但从都是些简单的曲子来看，应该不算很好，跟她的插花水准差不了多少吧。因为，对于插花，我还是很在行的，小姐的水平绝对算不得上乘。

“尽管如此，各式各样的鲜花依然满不在乎地装饰着我的壁龛，只是插花的样式千篇一律，而且花瓶也从没有更换过。而说到小姐的音乐水平，比插花就更无法恭维了。只听见琴弦嘣嘣地响着，从来没有听到过她唱什么曲子。虽说她也不是没有唱，但声音小得就跟说悄悄话一样，而且若是被母亲说上两句，便再无声息了。

“每天我都愉快地瞧着那拙劣的插花，听着那难听的琴声。

12

“离开故乡时，我已经变得厌世了。那时，人皆不可信的观念已经嵌入了我的骨髓。我觉得我所敌视的叔叔、婶婶和其他亲戚，仿佛就是人类的代表，就连坐在火车上，我也有意无意地用这种眼光观察旁边的人。有时他们跟我搭话，我就更加戒备了。我的心是阴沉的，常常犹如吞了铅似的沉重不堪。然而，我的神经却如刚才所说，变得越发敏感了。

“到东京后，我想搬出寄宿处，主要也是这个缘故。如果说是因为花钱随心所欲，才想自己单找住处，也并非不可，但依着我的性子，即便手里有闲钱，也懒得费这事。

“我搬到小石川以后，这种紧张的心情也没能得到一点儿放松。我总是心神不宁地窥视四周，连自己都觉得惭愧。奇怪的是，不停活动的只是我的大脑和眼睛，嘴巴却与之相反，越来越沉默了。我每天都不言不语地坐在桌前，像只猫似的观察着这个家里的情况。我对她们时刻保持着高度警惕，自己都感觉过意不去，我觉得自己就像个不偷东西的小偷，甚至憎恶起自己来。

“你一定会觉得不可思议吧，这样孤僻的我怎么会有闲心喜欢小姐呢？怎么还能有工夫愉快地欣赏她那蹩脚的插花呢？怎么还会有心情倾听她那单调的琴声呢？你若是这样问的话，我只能说这两方面都是事实。除了把事实告诉你之外，我没有别的办法。你是个有头脑的人，随你怎么去想。我在这里只想补充一句话：尽管在金钱上我怀疑人性，但在爱情方面却不怀疑人性。即便别人无法理解，自己也觉得自相矛盾，它们却在我胸中和平共处着。

“我一直称呼遗孀为‘夫人’，下面也称她‘夫人’吧。她说我是个安静而实在的人，还夸我很爱看书。然而，对于我那不安的眼神和四处窥视的样子，她却从来没有说过什么。不知是没有发觉，还是有所顾忌，反正看样子完全没有在意。不仅如此，有一次还带着敬意地夸我这个人很大气。当时，实心眼儿的我有些脸红，赶忙对夫人的话加以否认。于是，夫人认真地告诉我：‘你自己感觉不到，我才会这样说的。’其实，夫人原来并没打算找我这样的学生做房客，而是想把那间客厅租给在政府做事的人，才拜托街坊帮忙给介绍的。那些人是由于薪水低，才不得不寄居在非正式的借宿人家里的，这个想法大概已经在夫人脑子里扎了根。她把心中想象的这种房客拿来和我一比较，便夸我大方了。不错，同那些生活拮据的人相比，也许我在花钱方面算是大方的。但是，这与性格无关，就如同与我的内心世界毫不相干一样。只能说，夫人是凭着女人的直觉，想以这个评价来概括我这个人罢了。

13

“夫人的态度自然影响了我的情绪，过了不久，我的眼神就不那么不安定了。我感觉自己的心又回到了坐着看书的自己身上。总之，夫人和家人对我那乖僻的目光和充满猜忌的样子，并没有放在心上，这使我感到了莫大的幸福吧。我的神经由于没有受到别人的不良反应的刺激，而逐渐平静下来了。

“我觉得夫人是个有教养的人，所以才会特意这样对待我，可又觉得或许像她所说的那样，真的认为我是个大方的人。此外，也不排除由于我的疑神疑鬼只限于我的脑子里，并没有显露出来的关系，因而夫人被我蒙蔽了的可能性。

“随着心情逐渐平静，我开始和她们亲近起来。无论和夫人还是和小姐，我都可以谈笑风生了。有时候，我被叫到她们的房间喝茶，也有时候，我买来点心，晚上请她们来我房间坐坐。我突然感觉交际范围扩大了，也因此常常影响到了我宝贵的学习时间，奇怪的是，这些对我竟完全不构成干扰。夫人原本无事可干。小姐不但要上学，还正在学习插花和古琴，想必很忙，谁知，她也好像时间多得没处打发似的，结果，三个人只要一碰面，就凑在一起，聊天消遣。

“一般都是小姐过来叫我。小姐有时拐过檐廊拐角，站在我房门外叫我，有时穿过茶室，从隔壁房间的拉门后面现身。每次小姐走到门外都会停下来，然后叫一声我的名字，问一句：‘在学习吗？’我大抵在桌上摊开一本深奥的书专心研读，所以，在旁人看来，俨然在刻苦用功。其实，我并没有特别专心研读，眼睛虽然盯着书，心里却似乎在等着小姐来喊。若等不来小姐，我只好站起身，走到小姐的房间外面，这回轮到我问她：‘在学习吗？’

“小姐的房间挨着茶室，有六叠大小。夫人有时候待在茶室，有时候待在小姐房间里。虽说这两个房间有隔扇，但也跟没有差不多，母女俩你来我去的，不分彼此。我在拉门外一叫门，回应‘请进’的大多是夫人，小姐即便在里面，也没有答应过。

“后来，小姐偶尔有事来我房间，顺便坐下来聊个没完。每当这时，我的心里就会有异样的不安。而且，这并不仅仅因为和年轻女子面对面而感觉不安。不知什么缘故，我总觉得心神不宁，某种自己背叛自己般的不正常的心态折磨着我。可是，小姐却十分淡定，全无羞涩之态，以至于令人怀疑她是不是那个弹琴时连曲子都唱不成调的女子。有时候由于小姐待得太久，夫人便在客厅那边喊她，可她也只是应一声，并不马上离开。但小姐绝非幼稚女童，这一点我看得很明白，小姐的举止也明显表现出想让我明白这一点。

14

“小姐离开后，我好歹松了一口气，同时又涌起一股或失落或歉疚的心情。也许我有些女人气，在你这个现代青年看来，恐怕更是如此。可我们那个时代的年轻人大都是这样的。

“夫人很少外出，即便偶尔出门，也绝不会让小姐和我单独留在家里。我不知道这是偶然的，还是有意的。这话从我嘴里说出，虽然不太合适，可我仔细观察夫人的举止，似乎有心让小姐和我接近，可有的时候又似乎对我心怀戒备。我初次遇到这种情况，心情时常很糟糕。

“我希望夫人能够明确一下态度，因为理智地看，这显然是互相矛盾的。然而，对受叔叔欺骗的事还记忆犹新的我，不能不抱有更深的猜忌。我猜测夫人的态度到底哪个是真，哪个是假，却又判断不了。不但判断不了，我还不理解夫人为什么做这么莫名其妙的事。我无论怎么想也想不出其理由，有时便将罪过统统归结于‘女人’，以此来说服自己。毕竟是个女人，所以才会这么做，女人就是这么愚蠢。每当我想不下去，便这样下结论。

“这样看不起女人的我，却无论如何也不能看不起小姐，我的逻辑在她面前根本无用武之地。我对她怀着近乎崇拜的爱。我把这种只适用于宗教的词语用在年轻女人身上，可能会使你惊讶，但我至今仍然深信不疑。我坚信真正的爱与宗教信仰并没有什么不同。每当我看到小姐的面容，就会觉得自己也变得美好起来，每当想到小姐，便不由得感觉自己也变得超凡脱俗了。假如爱这个神奇的东西有两端，高的一端是神圣感，低的一端是性欲在起作用的话，那么我的爱是立足于高的一端的。作为人，我原本是个脱离不了肉欲的凡胎，但我面对小姐时的眼睛、思念小姐时的心情，却丝毫没有肉欲的气息。

“我对夫人抱有反感，却又对她女儿的思念有增无减，因此，我们三人之间的关系比起我刚搬来时渐渐变得复杂起来。当然，这变化只限于我的内心，并没有表露出来。不久，一个偶然的机会，使我发觉以前恐怕是误会了夫人。我发觉夫人对我矛盾的态度都不是虚假的，而且两种态度并非交替占据着夫人的心，而是一直并存于夫人心里的。也就是说，我觉察到，夫人一方面想要让女儿尽量接近我，一方面又对我加强戒备。看起来似乎很矛盾，但在加强戒备的同时，夫人并没有忘记或推翻相反的那个态度，依然想让我们接近。我觉得，夫人只是不想让我和小姐接触的程度超出她认可的范围。那时，我并未出于肉欲接近小姐，所以觉得夫人的担忧纯粹是多余的。不过，我对夫人的厌恶感很快就消失了。

15

“综合分析夫人的态度后，我得出了结论，自己在这户人家里受到了充分的信任，甚至还找出了从初次见面就受到信任的证据。这一发现，对于已经开始疑神疑鬼的我，是一个小小的震动。我想，和男人相比，女人恐怕更富于直觉。而女人之所以被男人欺骗，原因恐怕也在这里。这样观察夫人的我，对于小姐也怀有同样强烈的直觉。现在想来很好笑，虽然我在心里发誓不相信别人，却绝对相信小姐。可是，对信任我的夫人却满腹猜疑。

“我不太愿意谈家乡的事，对那场变故更是只字未提，就连想起那些事都觉得不快。我尽可能听夫人说话，可夫人不答应，一有机会就想打听我老家的情况。终于，我全都说了，还说，我再也不想回故乡了，即使回去，也什么都没有了，只有父母的坟墓。夫人听了感动得不行，小姐也哭了。我觉得自己这么做是做对了，心里很愉快。

“听我说出一切后，夫人脸上露出了果然不出所料的神情。从那以后，夫人对待我就像对自己的亲戚或某个晚辈一样。我没有生气，甚至感到高兴。可谁知，过了不久，我的疑心病又犯了。

“我对夫人的怀疑，起初是一些小事引起的，然而随着这类琐事的增多，怀疑也逐渐扎了根。不知怎么搞的，我忽然想到，夫人莫非也和叔叔一样，企图让小姐和我接近？一旦有了这个念头，原来觉得很热情的人，在我眼里立刻就变成了狡诈的阴谋家，我痛苦地咬紧了嘴唇。

“夫人一开始就说过，因为家里人口少，太冷清了，才托人介绍房客的。我也不认为她说的是假话，当我们渐渐熟悉起来，无话不谈之后，我仍觉得这一点是不会错的。但是，她们的经济状况说不上多富裕，所以，从实际利益来看，同我结成特殊关系，对她们来说绝不吃亏。

“因此，我又产生了戒心。但是，正如刚才说过的，我对小姐有着强烈的爱，对她的母亲怀有多少戒心，又能怎么样呢？我嘲笑自己，有时还骂自己愚蠢。然而，如果仅仅是这点矛盾的话，那么无论怎么骂自己愚蠢，我也不会感觉有多痛苦。我的苦恼在于，我又开始疑心小姐是否也和夫人一样，是个阴谋家。一想到这一切有可能是她们母女二人暗地里合谋搞的，我便立刻痛苦难耐。已经不是不愉快的问题了，而是如同坠入了万劫不复的深渊一般。尽管如此，我仍然对小姐一往情深，坚信不疑。我在相信与怀疑之间一筹莫展，我觉得这两者都是自己的想象，又都是真实的。

16

“我照旧每天去上学，但我总觉得老师站在讲台上讲课的声音离自己很远，学习也是如此。看到书上的字，还没渗到心底便雾霭般消失不见了。而且，我变得越来越沉默寡言。两三个朋友见状，误以为我耽于冥想，还去告诉别的同学。我不想做什么解释，反而乐得他们给我戴上这么一副假面具。虽说如此，也许是心怀愧疚的关系吧，有时，我也会突然变得活跃异常，把他们吓一大跳。

“我寄宿的这户人家很少有人来，亲戚好像也不多。虽然小姐的同学偶然来玩，也常常是轻声细语地说一会儿话就回去了，声音小得几乎判断不出来了人。她们是怕吵到我，可我竟然没有意识到。相比之下，来找我的朋友虽说不是多么粗鲁的人，却没有一个顾忌过会不会影响房东的。如此一来，仿佛我这个房客成了主人，而小姐反倒沦为房客了。

“不过，这些都是偶尔想到，顺便写下来的区区小事。只有一件事，不属于区区小事。记得有一次，大概是从客厅，要不就是从小姐的卧房那边，突然传来了男人说话的声音。那声音绝不是我的客人，声音很小，小得听不清他们在说些什么。而且越是听不清，就越是刺激着我的神经。人虽然坐着看书，心情却焦躁起来。我开始猜想，那个男人是她们的亲戚呢，还是一般的朋友。继而又猜测起那个人是年轻人呢，还是老年人。可是，在房间里坐着是不可能知道的，然而站起身打开拉门看看是什么人就更不可能了。与其说我的神经在战栗，不如说掀起了汹涌的波澜，折磨着我。客人走后，我自然没有忘记问那个人的名字。小姐和夫人的回答又非常简单。我在她们面前露出不满的神色，却没有追问下去的勇气，当然也没有这个权利。我将曾经受到的必须尊重自己人格的教育所培育的自尊心，与违背这种自尊心的欲望，同时袒露在了她们面前。她们笑了起来，她们的笑是善意的呢，还是故意让我感觉是善意的？我一时分辨不出，顿时失去了内心的平静。而且事情过后，我还是会翻来覆去地琢磨，我被她们嘲笑了，多半是被嘲笑了。

“我是自由之身，也就是说，纵然我想要中途退学，或是去哪里，过怎样的生活，以至同什么人结婚……都无须跟任何人商量。我曾经不止一次下过决心，干脆跟夫人说，请她把小姐许配给我。但是，每次我都犹豫不决，最终也没有说出口。我并非害怕遭到拒绝。倘若被夫人拒绝，我的命运不知会发生怎样的变化。但是，因此我就有机会站在与以前完全不同的角度，重新展望世界，所以说，要拿出这点儿勇气，也不是办不到。然而，我最厌恶的是被人诱骗，最痛恨的是落入别人的圈套。叔叔的欺骗使我下定了决心，今后无论发生什么事，绝对不能让人蒙骗自己。

17

“见我只知道买书，夫人就说，你也该置办些衣物。实际上，我也只有乡下人织的棉布衣裳，那时候的学生还不穿绸布衣服。我有个同学家好像是在横滨经商的，家里生活很铺张。有一次家里给他寄来一件纯白纺绸小袄，大家见了，都笑了起来。同学觉得很不好意思，一味辩解，还把家里专门给他寄来的这件小袄塞进行李底下，不再穿了。可是，大家伙儿又起哄，非要他穿不可，没想到拿出来一看，那件小袄上竟爬满了虱子。那个同学大概是觉得有了合适的借口吧，便把这件遭人取笑的小袄卷成一团，一起出去散步时，顺便扔进了根津的脏水沟里。我站在桥上，笑嘻嘻地看着他扔小袄，心里丝毫没有感到可惜。

“那时我也算成年人了，竟然还不懂为自己添些像样的衣服。因为，我莫名地认为，等到毕了业，可以留胡子的时候，再考虑衣服之类的事也不迟。所以就对夫人说，我需要的是书籍，不需要衣服。她知道我买了很多书，问我买的书都看了吗。我买的书籍中有字典，当然也有些应该看的书，却连一页也没有翻开过，我理屈词穷了。我忽然意识到，假使要买什么不需要的东西的话，那么书籍啦、衣服啦，还不都一样。况且，我也正想以受到她们很多照顾为借口，给小姐买些她中意的腰带和布料什么的，于是便一并拜托夫人去买。

“夫人不想自己一个人去买，硬要我也一起去，还说小姐也得跟着去。我们这代人是呼吸着旧时代的空气长大的，不习惯身为学生同年轻女人一起去逛街。比起现在来，当时的我，更是个因循守旧的人，所以多少有些踌躇，但还是硬着头皮出了门。

“小姐精心地打扮了一番，她那本来就很白皙的脸上又擦了一层厚厚的白粉，所以更引人注目了。街上的行人无不盯着小姐看，而且看过小姐之后，又必定将视线移到我的脸上，我不由尴尬万分。

“我们三个人去日本桥，买了要买的东西。买东西的时候，她们还老是改主意，挑来拣去的，比我预想的多花了时间。夫人特意叫着我的名字，问我觉得怎么样。她总是把衣料搭在小姐的肩头，叫我后退几步瞧瞧好看不好看。每次我都煞有介事地说‘这件不好看啦’‘那件很适合小姐’……

“就这样耽误了不少时间，回来时，已经到该吃晚饭的时候了。夫人说要对我表示谢意，请我在外面吃饭，领着我去了一家名叫木原店的饭馆。饭馆位于一条有寄席[①]的小巷里，不仅巷子狭窄，饭馆的房间也很窄。我对这一带一向不熟，见夫人如此熟悉，很是惊奇。

---

① 寄席：表演相声、曲艺、杂耍等民俗节目的剧场，盛行于江户时代。

“我们很晚才回到家里。第二天是星期日，我一天没出门。星期一去上学时，有个同学一大早就跟我开起了玩笑。他一本正经地问我什么时候结的婚，然后又夸赞我的‘妻子’是个大美人。看来我们三个人去日本桥时，不知在哪里被他看见了。

18

“回家后，我跟夫人和小姐说了这件事。夫人笑了，看着我的脸，说：‘一定让你为难了吧？’当时我暗想，男人就是这样被女人刺探心思的吗？因为夫人的眼神足以使我这样想。也许当时我直截了当地把自己的想法说出来就好了。但是，一些疑神疑鬼的念头已盘踞在我心里。我刚想说出来，又突然收住，故意岔开了话题。

“我把自己这个关键的当事人从谈话中抽出，探问夫人对小姐婚姻问题的态度。夫人告诉我，来提亲的倒是有过两三个，但她又解释道，小姐还在上学，考虑此事尚早，所以她也不那么着急。虽然夫人嘴上没说，我却看得出她对小姐的容貌很有自信。她甚至还流露出，想要定亲的话，随时都可以定下来。再说，夫人只有小姐一个孩子，这也是不会随便把她嫁出去的原因之一。据我判断，就连是把小姐嫁出去，还是招婿进门，夫人都还在犹豫之中。

“和夫人的谈话使我觉得增长了许多见识，却也因此错失了良机，我始终都没能开口提及自己的想法。估摸着告一段落的时候，我打住话头，准备回自己的房间。

“刚才还在一旁笑嘻嘻地嘟囔着‘说什么呢’的小姐，不知什么时候已走到房间的角落，背对着我们了。我转过身要走时，看见了小姐的背影，只看背影是看不出一个人的内心的，我猜不出小姐对这个问题是怎么想的。小姐坐在壁橱前，从开着一尺多宽的门里取出了什么东西，放在膝上看着。从打开的壁橱缝隙，我看见是前天买的衣料。我的衣服和小姐的一同叠放在壁橱里靠边角的地方。

“我没说什么，正要离开时，夫人忽然换了郑重的语气，问我是怎么想的。由于她问得太突然，以至于我不得不反问一句：‘什么怎么想的？’当我弄清她是问我，让小姐早点儿出嫁是否合适时，我回答‘还是稳妥些好’。夫人说她也是这个意思。

“就在夫人、小姐和我的关系到了这个程度的时候，另一个男人不可避免地插了进来。他成为这个家庭的一员后，给我的命运带来了巨大的变化。倘若没有他闯入我的生活轨道的话，恐怕就没有必要给你写这封长长的遗书了。这就好像我轻易站在魔鬼通过的路上，却没有意识到那瞬间的黑影将使我的一生变得暗淡无光。坦白地说，是我自己硬把他拉到这个家里来的。当然这需要夫人同意才行，所以一开始我就没有隐瞒他的情况，请夫人同意他搬进来，但是，夫人说‘不好吧’。我觉得让他搬来的理由很充分，反倒是夫人完全没有不同意的道理。于是，我坚持自己的主张，自行其是地让他搬了进来。

19

“在这里，我暂且称这位朋友为K。我和这位K从小就很要好。这么一说，不用解释你也明白吧，我们俩是同乡。K是信奉真宗[①]的和尚之子，但他不是长子，是次子，因此被送到某个医生家做了养子。在我的故乡，本愿寺派的势力很大，所以真宗派和尚要比一般人生活优裕一些。举例来说，如果和尚的女儿到了出嫁年龄，施主们便会商量着把她嫁到某个体面人家去。当然花费是不会让和尚掏腰包的。从这个意义上说，信奉真宗的和尚大抵是有福气的。

“K的亲生父母家生活也很宽裕，然而是否有能力把次子送到东京去上学，便不得而知了。抑或是由于能够被送出去学习，才谈成养子这事的，这个我也不大清楚。总之，K到医生家当了养子，还是我们上中学时的事情。至今我还记得很清楚，老师在教室点名时，我突然听到K改了姓，大吃一惊。

① 真宗：日本佛教派别之一，创于13世纪初，允许食肉、结婚。

“K的养父家也相当有钱。他就是由养父出资来东京上学的。我们并不是一起来的，可是到了东京后，就住进了同一个寄宿处。那时候，一间屋子里常常住两三个人，并排摆着各自的桌子。K和我也是两个人住在一起。我们两人就像被人从山里捉来的动物似的，在兽栏里紧紧依偎着，瞪着外面。我们俩害怕东京和东京人，但是，在六叠大的房间里，我们却纵论时弊，睥睨天下。

“但是，我们是认真的。我们确实满怀凌云壮志，想要出人头地，特别是K，更是心性好强。出生于寺院的他，动辄口称‘精进’。在我看来，他的行动坐卧几乎都可以用‘精进’一词来形容。我常常暗自敬佩他。

“从中学的时候起，K就经常问一些宗教、哲学之类玄而又玄的问题来为难我。我不知道这是受了他生父的影响，还是他出生的家庭、即寺院这种特殊建筑里的氛围的影响，总之，K给我的印象仿佛比一般和尚更具有和尚的特性。本来K的养父家是打算送他到东京学医的，可固执的K打定主意，来东京不当医生。我责问他：‘你这不等于欺骗养父母吗？’他大胆地回答：‘是的。但只要为了将来的路，这些也算不了什么。’他所说的‘将来的路’是什么，他自己也未必很清楚，我当然就更不用说了。但是，对年轻幼稚的我们而言，这个概念模糊的词语却发出了神圣的回响。尽管不理解它的内容，但我们的内心却被一种崇高的情感所支配，根本不可能看到朝那个方向努力的满腔热血之中暗藏着卑鄙。我赞同K的说法，我也不知道我的赞同对于K有多大支持。因为我看得出，无论我怎样反对，一根筋的K也绝不会改变初衷。尽管我是个孩子，也知道由于自己支持过他，一旦有什么事，自己多少也要承担责任。纵然那时连这一点都不懂得，当有必要以成人的眼光回首往事的时候，我也必须说，当时自己是以‘我的那份责任，理应由我来承担’的语气说那番话的。

20

“K和我上了同一学科。他若无其事地花着养父家寄给他的钱，走着自己喜欢的路。K给我的感觉只能说是，养父不会知晓的淡定与被养父知道也无所谓的胆量在K胸中同时存在着。K比我还要“坦然。

“第一个暑假K没有回家。他说要在驹込的某寺院里借一间房子学习。我从家乡归来已是九月上旬，看到他果然把自己关在大观音旁的一座肮脏的寺院中。他住的是紧挨着正殿的一间狭窄的屋子。看样子，对于可以在那里随心所欲地学习，他很享受。我觉得他的生活越来越像个和尚了。那时他手腕上戴了一串念珠，我问他戴它做什么，他就用拇指一个两个地数着念珠给我看，他好像就是这样，每天数无数遍，可是我不明白这样做有什么意义。念珠是个圆串，一颗一颗地数，到什么时候算个完哪。那么，K每次是以怎样的心情，方才停下数念珠的呢？虽属不足挂齿之事，我却常常这样想。

“我还在他的房间里发现了《圣经》，有点儿惊讶。记得以前常常听他说起一些佛经的名称，但是关于基督教，他从没有问过我，也没有回答过我什么。我禁不住问他为什么看这书，他说不为什么，只是说，既然是这么多人爱看的书，当然想读读啦。而且他还说，如果有机会还想看看《古兰经》呢。他好像对‘穆罕默德’和‘剑’这些词也颇有兴趣。

“第二年的暑假，由于家里来信催他，他才回去了。不过，回去以后他好像也没对家人提及专业的事，而家人也没有问。你是个受过学校教育的人，这类事情是可以理解的，然而一般人对于学生生活和学校规章都惊人地无知。我们一般不会将无关紧要的事情对外人讲，而我们这些学生整天呼吸的又都是校园内的空气，总是喜欢多想，以为学校里的事情，不论大小都会传到外面去。在这方面，K也许比我更老练吧。他又若无其事地回来了。我是和他一起回东京的。一上火车，我就问他家里说什么了，他回答没说什么。

“第三年的暑假，就是我下决心永远告别父母的墓地的那一年，我劝K回家，可他不愿意。他说每年都回去有什么意思，看样子他还是打算留在东京学习。没办法，我只好一个人回了乡下。我在家乡度过的这两个月，给我的命运带来了怎样的波澜，前面已说过，不再重复了。九月，我满怀愤怒、阴郁和孤独回到东京，又见到了K。此时，他的命运同我一样，也发生了变化。原来我不在的这些日子，他给养父家写了一封信，主动坦白了自己的欺骗行为。看来他一开始就盘算好了，大概是指望着养父承认既成事实，主动说出‘既然已经这样了，你想学什么就学什么好了’这样的话来。总之，他似乎并没有打算一直到大学都欺瞒养父母。也许他认识到了，即便能欺瞒一时，也欺瞒不了一世。

21

“养父看了K的信大怒，立刻回了一封措辞严厉的信，声明再也不给这种欺骗父母的忤逆之子寄学费了。K给我看了信，又给我看了紧跟着收到的父亲的来信。父亲的信同样满篇严厉的训斥，不逊于养父。也可能是觉得于情于理都对不住养父母吧，父亲说自家这边也不再管他了。由于发生了这件事，K是恢复原户籍，还是做些让步继续留在养父家，这些以后再作考虑，当务之急是必须解决每月所需的学费。

“我问K对此事有什么打算，他说想去夜校教书。那时候和现在比起来要好混得多，找个打零工的活儿并不像你想象的那样费劲。因此，我想K是能够靠自己打工生活下去的。但是，我有我应负的责任。当初K违背养父家的期望走自己选择的道路时，我是支持他的，所以，我不能袖手旁观。我马上提出要给他提供物质上的帮助，K非常干脆地拒绝了。以他的个性，大概是觉得自食其力要比依靠朋友的帮助愉快得多吧。他说，既然上了大学，如果连自己都养不活，还算什么男子汉！我不忍心为了尽自己的责任而伤害K的自尊心，便依了他不再提这事了。

“不久，K就找到了满意的工作。可是，对于惜时如金的K来说，这个工作有多么辛苦是不难想象的。他一如既往地努力学习，同时又背上了新的重负，勇往直前。我很担心他的身体，而刚强的他只是一笑置之，全然不理会我的劝告。

“与此同时，他和养父家的关系也变得越来越复杂了。时间很紧张的K，就连以前那样跟我说话的时间也被剥夺了，所以我一直没能了解事情的详细经过，只知道情况变得越来越复杂。我还听说有人居中进行了调解，那个人写信催促K回家，K却说回去没有用，不予理会。尽管K声称学习期间不能回去，没有办法，但在对方看来，是K太顽固吧。这样，事态变得更加严重了。他不但伤害了养父的感情，同时也惹恼了自己的父亲。当我感到不安，写信给他们想要进行调解的时候，已经不起任何作用了。我的信石沉大海，一句回音都没有。我也生气了，我原本就对K抱有同情，决意今后纵然有违常理，也要站在K一方。

“最后，K终于决定恢复原来的户籍。养父家提供的学费由父亲来赔偿。但是父亲表示今后也不会再负担他的学费，随他的便。老话说，这就是断绝父子关系。也许没有那么严重，不过他是这样理解的。K的生母早逝，可以说，他性格的某一方面是在继母抚养下长大的结果。我想，如果他的生母还活着，或许他和自家的人也不至于产生这么大的隔膜。他的父亲虽然是个僧侣，但在讲求人情这一点上，倒有点儿像个武士。

22

“K的事告一段落之后，我接到他姐夫的一封长信。K曾告诉过我，他的养父是这位姐夫的亲戚，所以无论当初介绍他去做养子的时候，还是让他恢复原籍的时候，这位姐夫的意见都起到了很大作用。

“信里要我告知K后来的情况，并附上了一句‘他姐姐很不放心，希望他能尽快回信’。比起继承寺院的哥哥来，K更喜欢这位嫁到外人家去的姐姐。他们虽然是同胞姐弟，但姐姐的岁数比K大得多，所以在K年幼的时候，比起继母来，反倒是这位姐姐更亲如母亲。

“我把信给K看了。他没说什么，却告诉我已经收到姐姐寄来的两三封大意相同的信了。K每次回信，都告诉他们不必担心。这位姐姐运气不好，婆家生活并不富裕，所以无论怎样同情K，在物质上也帮不了弟弟。

“我给K的姐夫写了封大意和K相同的回信。在信中，我信誓旦旦地表示：倘若K有什么困难，我会全力相助的，请他们尽管放心。我本来就是这样考虑的。当然这里面含有让担忧K前途的姐姐放心的好意，同时也不无对蔑视我的K的父亲和养父家的抵触心态。

“K恢复原籍是在他一年级的时候，以后直到二年级上半学期，大约一年半的时间，他都是靠自己打工来维持生活的。然而，过度劳累显然已经渐渐影响了他的健康和精神。再加上离不离开养父家这一令人烦恼的问题，他渐渐变得感伤起来。有时他说，只有自己是独自背负着世上所有不幸的人。我若予以反驳，他就会立刻激动起来。他还觉得自己一片光明的前途渐渐远去了，因此焦虑不安。开始做学问的时候，人们通常是胸怀远大抱负踏上新旅途的，然而过了一两年，临近毕业之时，突然发现自己前进的脚步太慢，多数人自然会在此时感到失望。K也是如此，只不过他的焦虑比一般人要严重得多。我终于认识到，最重要的是让他尽快平静下来。

“我劝他不要打那些零工了，还忠告他暂且放松一下，休养身体，方为长远之策。我早就料到倔强的K是不会轻易听从的，可没想到比预想的还要费力，真是无计可施。K一向主张，做学问不是自己的目的，而是为了培养自己的意志，成为坚强的人。他由此得出的结论是：为此必须尽量‘劳其筋骨，饿其体肤’。在一般人看来，这简直是异想天开。况且，在困境中，他的意志丝毫没有得到增强，反而整个人像是得了神经衰弱症。我没有办法，只好装出极其同情他的样子，甚至告诉他，我也准备同他一起朝着那个目标奋斗下去。（其实，我这么说也不完全是随口胡编。耳濡目染之下，我也渐渐被K的主张吸引了，他是有这样的吸引力的。）最后，我提出要跟他住在一起，一起去攀登通往山峰的崎岖之路。为了使倔强的K同意，我竟跪在他的面前恳求他，这才好歹把他拉到我的住处来了。

23

“我的房间带了一间四叠大的会客室。从玄关进屋后，要到我的房间来必须经过那里，所以从实用的角度来看，那间小房极不方便，我就把K安置在那间小屋里了。起初，我本想在八张席的房间里放上两个人的桌子，把那间小屋作为公共房间。但是K说，即便狭窄一些，还是一个人住的好，就选了那间小房。

“正如前面我说过的，开始夫人是不赞成我这样做的。她说，要是开旅馆的话，两个人自然比一个人好，三个人要比两个人更合算，可她家不是旅馆，还是尽量不要带进其他人为好。我说，您不用担心，他绝不会给别人添麻烦的。夫人又说，就算是这样，也不喜欢不知秉性的人住进来。我反问夫人，当初我来租房时，不是也不了解吗？夫人反驳道，从一开始就很了解我的脾气，我露出了苦笑。于是夫人又换了个理由，说不让我带他来，是因为对我不利。当我问她为什么会对我不利时，轮到夫人苦笑了。

“说实在的，我没有必要非和K住在一起。但是我认为，若以现金的方式资助他的话，他一定会十分为难。因为，他的自尊心是如此强。把他安置在我的住处，便可以背着他悄悄把两个人的饭费交给夫人。但是关于他的经济状况，我并不打算告诉夫人。

“我只说了些有关K身体的情况，要是再这样孤独下去，他的性情会越发乖僻的。作为补充说明，我把他同养父家闹翻，同父亲脱离关系的情况也和盘托出。我告诉夫人和小姐，我现在是抱着一个快要淹死的人，怀着将自己的热量传给他的决心带他来的，因此也拜托她们给予他温暖和关心。就这样，我终于说服了夫人。但是，我并没有告诉K，他对这一经过毫不知情。我反而觉得很满足，若无其事地迎接慢吞吞搬来的K。

“夫人和小姐热情地帮他收拾行李，忙前忙后。我心里暗暗高兴，觉得她们为K所做的这一切都是出于对我的好意，尽管K仍是一副阴沉的面孔。

“我问K搬到新居后的心情如何时，他只说了句‘不坏’。让我说的话，就不只是‘不坏’了。以前他住的是阴湿、肮脏的北屋，饭食也同那房子一样难以下咽。他搬到我这里来，真可谓是出自幽谷，迁于乔木①。他之所以没有露出欣喜的神色，一是由于他性格倔强，二是由于他一贯的主张。他是在佛教教义的熏陶中成长起来的人，认为衣食住行上的铺张是非常不道德的。他一知半解地读过一些古代高僧、圣哲之类

---

① 出自幽谷，迁于乔木：出自《诗经·小雅·伐木》：“伐木丁丁，鸟鸣嘤嘤。出自幽谷，迁于乔木。”原指鸟儿从幽深的山谷迁移到高树上去，比喻乔迁新居。此处借喻由低处往高处走。

的传记，动不动就想将精神与肉体对立起来。说不定，他甚至觉得鞭挞肉体能够增加灵魂的光辉。

“我尽量凡事都顺从他，因为我在努力地把冰拿到向阳处融化。我相信，如果不久冰融化成了温暖的水，K自我觉醒的时机也就到来了。

24

“我就是在夫人的善待下才慢慢变得快活起来的，因此，我便想在K身上也尝试一下。经过长期交往，我深知K和我在性格上有很大差异。但是，既然我入住这个家庭之后，棱角多少磨掉了些，那么在这里，K的心早晚也会平静下来吧。

“比起我来，K是个有着坚强意志的人，学习也比我更努力，而且天分也比我高得多。上大学之后，由于专业不同不好说，但无论是初中还是高中，在一个班里学习的时候，K的成绩常常在我之上。所以，我一向都清楚自己不管干什么都不如他。但是，当我硬把他拉到我的住处来时，却自信我比他更明事理。我认为，他并不理解克制和忍耐的区别。这是特意为你补写的，请你留心一下。无论是肉体上还是精神上，我们的一切能力都会因外部条件的刺激而提高或受到破坏。当然，无论提高还是破坏，都必须逐渐加强刺激，所以，如果不仔细思考的话，便会朝着非常危险的方向滑下去，而没有人——更不用说自己了——能够察觉得到。听医生说，人的胃是最懒惰的，如果光喝粥，便会不知不觉失去消化比粥更硬的东西的能力。因此，医生嘱咐，尽量什么都吃。但是，我想医生的意思并不仅仅是指习惯吧，很可能还意味着，随着逐渐加强刺激，营养机能的抵抗力也会慢慢加强。相反，如果胃的消化能力逐渐衰弱，后果会如何不难想象。K虽然是个比我有前途的人，却丝毫没有觉悟到这一层。他似乎认定，只要习惯了困难，最终就不觉得困难了。他似乎坚信一点：只要反复经受磨炼，那么凭借这一功德，就会迎来不惧怕任何艰难困苦的那一天。

“我在劝说K的时候，总是想给他讲清楚这一点。可是只要我一开口，必遭到他的反驳，而且还搬出古人的事例加以佐证。于是，我又不得不明确地指出那些古人与K的不同之处。K若是能虚心接受的人也就罢了，可是以他的脾气，一旦争论到了这个地步，是绝不肯退让的，甚至还会更进一步，将嘴上说的付诸行动。他就是这样一个可怕的人，也是一个了不起的人。他一边毁灭自己一边前进。从结果来看，他只不过是在成功地毁掉自己这一点上很了不起罢了。尽管如此，他也绝不是平凡的人。熟知他个性的我，最终也只有缄口不言了。而且，在我看来，正如前面说过的，他好像是患了神经衰弱症。即便我说服了他，他也必定会跟我争执一番。尽管我不怕跟他吵架，但一想起自己那不堪忍受的孤独处境，便不能忍受将我的朋友也置于同样的孤独境遇之中了。把他推入愈加孤独的境地，更是我不愿做的事。因此，在他搬来后的一段时间里，我暂时没有说过他什么，只是平和地观察着环境给他带来的影响。

25

“我私下里拜托夫人和小姐尽量多跟K说话。因为我相信，正是他迄今为止所过的沉默的生活才使他变成这样的，如同铁不用会生锈一样，我认为他的内心已经生了锈。

“夫人笑着说他是个很难接近的人，小姐还特意给我举了个例子加以说明。有一回，小姐问他火盆里有没有火，K回答‘没有’。她说‘那我给你端来吧’，K说‘不用’。小姐又问‘不冷吗’，他却说‘冷是冷，但不需要’，说到这里便不再说话。听了这样的对答，我也不能光是苦笑了。我觉得K很可怜，要是不说点儿什么为他辩护一下，便觉得过意不去。虽说已经到春天了，没有必要非烤火不可，但她们据此说K很难接近，也不是没有道理。

“于是我尽量以自己为媒介，想方设法让两个女人和K多接近。每当K和我闲聊的时候，我就把母女俩请过来，当我同她们两人在一起的时候，也把K叫过来。总之，我千方百计地让K同她们接近。当然K是不大喜欢这种方式的，有时他会突然站起身走出去，也有时怎么叫他也不肯出来。他说这么闲聊有什么意思？我只是付之一笑，但心里很明白，K因此而看不起我。

“从某种意义上说，或许我真的应该被他看不起，也可以说他的志向比我更高吧。这一点我也不否认。然而只是眼高，却没有与之相应的本事也成不了大器。我觉得当下最最要紧的，是让他成为一个普通人。我发现，无论他怎样满脑子伟人形象，只要他本身不成器，就是毫无意义的。使他成为普通人的第一个步骤，就是让他坐在异性身旁，让他受到这里发散出的空气的熏染后，再设法更新他那快要生锈的血液。

“这一尝试渐渐有了成效。起初看似很难融合，但慢慢便融为一体了，K仿佛一点点地发现了自己身外还有世界。有一天，他竟然对我说，不应该那么轻视女人。K以前似乎一直想要从女人那里获得同我谈话时一样多的知识和学问，否则便产生轻蔑之念。以前他不懂得，因性别不同应该采取不同的态度，总是以同样的眼光不加区别地看待男人和女人是不对的。我对他说，如果永远只有我们两个男人交谈，我们只能平行地向前发展。他回答‘有道理’。我那时正迷恋着小姐，所以才会说出这样的话吧。但是，我内心的秘密却一句也没有向他吐露。

“看到被禁锢在书籍筑起的城堡里的K内心渐渐敞开，我心里别提多愉快了。因为我从一开始就是为了这个目的而付出这些努力的，所以无法不感到伴随着成功而来的喜悦。我没有对他本人说，而是把自己的感受告诉了夫人和小姐，她们也很欣喜。

26

“我和K虽然同属一系，但专业不同，离家和回家的时间自然也早晚不同。如果我回来得早，便穿过他的空屋子，回来得晚，便如往常一样跟他打声招呼，走进自己的房间。每次K总是放下书，朝拉开门的我看一眼，说一声：‘刚回来？’有时我只是点点头，有时‘嗯’一声，走过去。

“有一天，我去神田办事，回来比平时晚了许多。我急步走到门前，‘哗啦’一声拉开格子门。与此同时，听到了小姐的说话声。那声音肯定是从K的房间里传来的。这个宅子的布局是，进了玄关一直走，是客厅和小姐的卧房，然后向左拐，就是K和我的房间。住久了，我对这里已经很熟悉了，所以无论是谁，在哪个房间里发出声音，我一听就知道。我马上关上了格子门，小姐的说话声也立刻停了下来。我弯下腰解鞋带的时候——那时我为了赶时髦，穿的是那种费事的高腰系带皮鞋——K的房间里什么声音也没有了。我很纳闷，心想也许是我听错了吧。但是，当我像往常那样拉开隔扇要穿过K的房间时，却看见他们两个人就坐在房间里。K照例说了声：‘刚回来？’小姐没有起身，也问候了一句：‘您回来啦。’大概是心理作用吧，我觉得小姐这句简单的问候有点儿生硬，她的语调听起来不大自然。我问小姐：‘夫人呢？’我这么问并没有什么特别的意思，只是发觉家里比平时安静了些，所以随口问下。

“夫人果然不在家，女佣也和夫人一起出去了，所以留在家里的只有K和小姐。我有些不解，因为我在这里已经住了很长时间，夫人还从来没有只把小姐和我单独留在家里自己出门过。于是我问小姐：‘夫人有什么要紧事吗？’小姐只是嘻嘻地笑。我讨厌女人这种时候发笑。也许可以说这是年轻女子的共同点，小姐也是个动不动就爱笑的女子。不过，小姐看到我脸色不悦，便马上恢复了平时的神情，认真地答道：‘妈妈有点儿事出去了，不是什么急事。’我是个房客，无权再追问下去，便不作声了。

“我换了衣服，刚要坐下，夫人和女佣回来了。过了一会儿，就到了大家围着饭桌吃晚饭的时间。刚住进来那会儿，一切都按客人对待，所以晚饭一般都是由女佣送到我房间里来的。可是这个规矩不知什么时候改变了，吃饭时，我被请到她们那里去吃了。K刚搬来的时候，我也要求她们要像对我一样对待他。为此我还送给夫人一张薄板做的、可以折叠的漂亮饭桌。现在一般家庭都用这种桌子了，可那个时候，几乎没有几家是围着这样的桌子吃饭的。我是特意去茶之水的家具店，让店家按照我设计的样子做出来的。

“在这张饭桌前坐下来后，夫人对我解释说，因为那天店家没有按时送鱼来，所以不得不上街给我们买菜去了。我一想，说的也是，既然有房客要照应，这也在情理之中。这时小姐又瞅着我笑了起来，但是夫人一呵斥，她马上就收住了笑。

27

“过了一个星期，我又遇到了一次同样的情况。当时，小姐一看见我就笑起来。我当时马上问她一句‘笑什么’就好了，可我却默默地进了自己的房间。因此，K也没机会像往常那样说声‘刚回来’，而小姐也立刻拉开隔扇，回客厅去了。

“吃晚饭的时候，小姐说我是个怪人。当时我也没有问小姐怪在哪里，只注意到夫人瞪了小姐一眼。

“饭后，我叫K一起出去散步。我们两个人从传通院后门去了植物园那条街，绕了一圈，又走下了富坂。散步的时间可不算短，但其间两个人很少说话。从性格来说，K比我更不爱说话，而我也不是个健谈的人。但是，一边散步，我一边尽量主动跟他说话。我说的主要是有关我们寄宿的这户人家。因为，我很想知道他对夫人和小姐的看法。而他的回答总是云里雾里的，让人不得要领，而且甚为简单。比起这两个女人来，仿佛他更关心的是学业。况且面临着第二学年的考试，在一般人看来，他比我更像个学生。再加上他滔滔不绝地谈论斯威登堡[1]，使不学无术的我惊讶不已。

---

① 斯威登堡（1688—1772）：瑞典科学家、神秘主义者、哲学家和神学家。

“我们顺利地考完试后，夫人也为我们高兴，她说：‘你们俩只剩下最后一年了。’而唯一令夫人自豪的小姐，不久也要毕业了。K对我说，女人就是这样，什么都不懂就出了学校门。他似乎根本不把小姐在课外学习的缝纫、抚琴、插花等功课放在眼里。我笑他太迂腐，又在他面前老调重弹，宣称女人的价值并不在这里。他倒没有表示反对，但也没露出赞成的意思。这让我很高兴，因为他那不以为然的口气说明他仍旧看不起女人，因为他不把我奉若女人之花的小姐当回事儿。现在回想起来，那时我对K的嫉妒心就已经萌芽了。

“我和K商量暑假上哪儿去玩玩，他表示哪儿也不想去。当然他也并不是想去哪儿就可以去哪儿的身份。不过只要我邀请，他还是去哪儿都可以拔腿就走的。我问他为什么不想去。他说也没什么理由，只是觉得在家里看书更自由自在。我提议去避暑胜地那样的凉爽地方学习更有益于身体，他却说，既然那样，你就一个人去好了。但是，我不想让他独自留在家里，看到他同家里人日渐亲近，我就已经感到不痛快了。如果有人说，你最初的愿望已经达到，为什么心里还这样不舒服呢？我真是无言以对。我绝对是个大傻瓜。见我们两个人商量个没完，夫人实在看不下去了，便过来劝解。最终，我们决定一起去房州[①]

① 房州：日本古代安房国的别称，千叶县的古国名。

28

“K很少出门旅行，我也是头一次去房州，我们俩稀里糊涂地在船停靠的第一个码头上了岸。记得那地方叫保田，现在不知道变成什么样了，那时是个肮脏不堪的渔村，到处散发着刺鼻的鱼腥味儿。而且一下海，就会被海浪冲倒，磨破手脚，因为拳头大小的石块总是随着涌动的海水滚来滚去的。

“我马上厌烦起来。可是K既不说好，也不说不好，至少看他的脸色是无所谓的，尽管他每次下海都会受点儿伤。我好歹说服了他，从那里去了富浦，又从富浦去了那古。那时候开始，这边沿岸一带就是学生们聚集的地方了，所以无论到哪里，都是正合我们口味的海滨浴场。K和我常常坐在岸边的礁石上，眺望那遥远的海面和近处的海底。从礁石上俯瞰海水，感觉别有一番美妙景致，能看到红色的、蓝色的，以及市场上见不到的奇异色彩的小鱼，在透明的海水中游来游去。

“我常常坐在礁石上看书。K往往什么也不干，只是默默地坐着。我完全猜不透他是在沉思，还是在眺望美景，或是在憧憬美好的未来。我不时抬起头问他在想什么，他只回答一句‘没想什么’。我常常幻想，如果这样静静地坐在自己身旁的人，不是K而是小姐的话，那该多幸福啊！只是这样想想倒也没什么，可有时我又忽然心生猜疑，K是不是也怀着同我一样的期望坐在岩石上呢？于是，我突然厌烦了坐在这儿平静地看书。我猛地站起来，然后无所顾忌地大声喊叫，我哪里还有心情优雅地吟诵那些诗和歌什么的，只是像野蛮人一般扯着嗓子乱叫唤。有一次，我突然从背后猛地揪住K的衣领，对他说道：‘把你推到海里去，你怎么办？’K依旧一动不动地坐着，背对着我答道：‘正合我意啊，推吧。’我立刻把揪着他衣领的手松开了。

“看样子，K的神经衰弱到这个时候已经好多了。相反地，我倒渐渐变得神经质了。看见K比我还沉稳，我既羡慕又嫉妒。他总是摆出一副对我不理不睬的样子，在我看来，这似乎是一种自信。即便在他脸上看到这种自信，我也绝不感到安心。我的怀疑又加深了一步，想要弄明白他为什么自信。莫非他对于自己的学业或事业，又重新看到了值得他为之奋斗的光明前途？如果仅仅是这样的话，K当然不会同我发生什么利害冲突，我反而应该为自己对他的关照有了成果而感到欣喜。然而，倘若他的平静心态是因为小姐，我就绝不能原谅他了。奇怪的是，他好像丝毫没有觉察到我爱着小姐。当然，我也没有特意在K面前表现过这层意思，K对这种事情本来就很迟钝。当初，我正是因为K老实，可以让人放心，才放心地把他带到这个家里来的。

29

“我打算向K表明自己的心思。不过，这个想法并不是那时才有的。虽然在这次旅行之前，我就有过这样的打算，只是以我的能耐，一直没能够找到坦白的机会，或者制造出这种机会来。现在回想起来，那时我周围的人都有点儿古怪，竟没有一个人愿意多谈及女人。当然，大部分人是因为没有什么可谈的吧，不过即使有，一般也是避而不谈。你们生活在今天比较自由的空气中，一定觉得奇怪吧，这是道学的影响，还是因为羞于谈论，就只能靠你自己去判断了。

“K和我是无话不谈的朋友，虽然偶尔也聊聊恋爱之类的话题，但总是流于抽象的理论，不过就连这样的谈论也是不多的。我们谈论的大多是有关读书和学问、未来的事业以及抱负和修养等等。无论怎样亲密，也不会突然间转换话题谈及情爱的。我们俩就是这样一对古板的朋友。自从我打算把小姐的事告诉K以后，不知多少次欲言又止，甚是苦恼。我真想在K的脑袋上凿开一个窟窿，给他灌输些温柔的空气进去。

“你们现在的年轻人觉得十分可笑的事，那时对于我来说，则是天大的困难。即便在旅途中，我也和在家里时一样胆怯。尽管我一直在观察K，寻找合适的机会，可他那清高倨傲的神态，总是让我望而却步。我觉得他的心脏好似被涂了一层厚厚的黑漆一般，我试图注入的血液，一滴也没能渗进他的心脏，全都被反弹了回来。

“不过，K表现得异常清高，我反而放了心，并且后悔自己的多疑，在心里向K道歉。感到内疚的同时，又觉得自己就像个卑鄙小人，而突然厌恶起自己来。可是过了一阵子，曾经的疑心又凶猛地卷土重来。由于一切都是由疑心推论出来的，因而会觉得无论哪方面都对我不利。首先K的长相好像就比我讨女人喜欢，而且他的个性不像我这样小家子气，对异性肯定更有吸引力。就连他那憨厚的样子，都透着值得信赖的男子气，把我比了下去。至于学业，虽然专业不同，但我也自知无法与K匹敌。总之，他所有的优点一下子都展现在我眼前，致使我那刚刚踏实点儿的心，又回到了不安之中。

“K见我整天魂不守舍的样子，便说：‘你要是烦了，咱们就回东京吧。’他这样一说，我忽然又不想回去了。其实，我可能是不想让K回东京吧。我们绕过房州海角，去反方向的海边。我们头顶烈日，边走边向当地人问路，人家都说去上总[①]只有七八里路，可是走起来却没完没了。我简直不明白这样苦哈哈地走路，究竟有什么意义，就半开玩笑地问K。K答道：‘人有脚，就是用来走路的嘛。’走热了，他就说一声‘下海去泡泡吧’，当即不管三七二十一，跳进海里。从海里

---

① 上总：古国名。相当于现在的千叶县中部。

出来，又继续曝晒在烈日下，结果我们俩都累得吃不消了。

30

“我们就这样走着，曝晒加上疲劳，身体状况自然有些不正常了。不过，这跟生病不一样，感觉自己的灵魂好像进入别人身体里去了似的。我虽然像平常那样跟K说话，却游离于平常的心情了，我对他的亲切和憎恶，仿佛都带着旅行中才会有的异样感觉。就是说，酷热、下海和步行，使我们之间形成了有别于以往的新关系吧。那时我们恰如结伴上路的行商，无论怎样聊天也不同于在家时那样，根本触及不到需要费脑筋思考的复杂问题。

“就这样我们终于走到了铫子。途中只发生了一件令我至今无法忘记的事。没离开房州之前，我们到过一个叫小凑的地方，游览了鲷鱼湾。由于那是多年前的事，而且我也没有太大兴趣，记不大清了，据说那地方是日莲①诞生的村子。传说日莲大师诞生的那天，有两条鲷鱼被海浪冲上了海滩，从此以后，村里的渔夫们就不敢捕鲷鱼了。这个习俗一直保留到今

① 日莲：日本佛教日莲宗的创始人。

天，所以海湾里的鲷鱼非常多。我们专门雇了一条小船，前去观赏鲷鱼。

“那时，我专心致志地盯着荡漾的海水，水中游动着一群群略呈紫色的鲷鱼，别有情趣，令人百看不厌。然而，K似乎并没有我那样高的兴致，比起观看鲷鱼，他似乎更关心日莲大师。正好不远处有个叫诞生寺的寺院，多半是因为日莲诞生在这地方，才叫诞生寺的吧。那是一座很漂亮的寺院，K提议到寺院去拜访住持。说实在的，我们俩的穿着太不像样了。尤其是K，他的帽子被风刮到海里了，只好买了一顶斗笠戴在头上。我们的衣服本来就很脏，还散发着汗酸味。我劝他别去见和尚了，但他很固执，不听我的，还说我要不愿意去，就在外边等着好了。我只得跟他一起进了山门，心想一定会被人家拒绝的。谁知和尚却很客气，把我们让进了宽敞漂亮的客厅，住持马上会见了我们。那时，我的想法跟K相去甚远，所以没有心思听他和住持谈话。记得他一个劲儿地询问关于日莲大师的掌故，我还记得，当住持说到日莲被称为‘草日莲’，是因为他写得一手漂亮的草书的时候，毛笔字很差劲的K露出不以为然的表情。也许他是想了解比写毛笔字之类的事更有意义的日莲吧。在这一点上，住持是否使他感到满足，我说不好，不过，一出寺院，他就跟我滔滔不绝地讲起了日莲。我又热又累，哪有心情听他讲这些，只是随口附和着，后来连应也懒得应，干脆不作声了。

“大概是第二天的晚上，我们回到旅馆，吃过饭，快要睡觉之前，突然争论起一个深奥的问题来。因为昨天他跟我谈论日莲大师时，我没有上心，他不太高兴。他说：‘精神上没有上进心的人，都是蠢货。’大有把我贬低为轻薄之徒的架势。我心中正为小姐的事烦闷，自然不能对他这近乎侮辱之语一笑了之，便为自己辩解起来。

31

“那时我一再使用‘有人情味’这个词，K说我就是将自己的一切弱点隐藏在了‘人情味’这个词中。后来想想，K说得也有道理。但我当时使用‘有人情味’这个词，是为了让K承认他自己没有人情味，可见出发点已带有反抗性，自然不会反省自己了。所以我仍然坚持自己的说法。于是K就问我，他到底哪里没有人情味。我告诉他：‘你是很有人情味的，或者应该说人情味太多了。不过，你嘴上总是说没有人情味的话，而且还故意装出没有人情味的样子。’

“我这样说的时候，他只回答自己的修养不够，所以给别人这样的印象，并没有反驳我。我不但不觉得扫兴，反而可怜起他来，并立刻停止了与他的争论。他的语调也渐渐低沉了下来，神情惆怅地说道：‘倘若你知道我所知道的古人，便不会这样攻击我了。’K所说的古人当然不是英雄，也不是伟人，而是为了灵魂虐待肉体、为了道义鞭挞身体的所谓艰苦修行的人。他明确地告诉我，我不了解他为此痛苦到了怎样的程度，实在太遗憾了。

“说到这儿，我们便睡了。第二天，我们又恢复了行商般的心态，淌着汗水，呼哧呼哧地走起来。一路上，我不时想起那晚的事情，心中后悔不迭，对我来说这么千载难逢的机会，为什么轻易地放过去了呢？应该直截了当地对他说个清楚，何必用‘人情味’这样抽象的词绕弯子呢？说实在的，我挖掘出这样的字眼儿，也是基于我对小姐的感情。所以对我来说，与其对他灌输那些筛除了事实的抽象理论，还不如把事情的本来面目摆在他面前对我更有利。在此，我可以坦白地告诉你，我之所以没能这样做，是由于以学问交往为基础的我们两人的友情带有一种与生俱来的惰性，而我恰恰缺乏突破它的勇气。说是太清高也好，虚荣心作怪也罢，总之是一回事。但我说的这种清高和虚荣心，跟一般意义上的略有不同，这一点只要你能明白，我就满足了。

“我们俩晒得黑黝黝的回到了东京。回来后，我的心情又变了，什么有人情味没人情味的，这套说辞在我脑子里已经踪影全无。K脸上那种教徒似的神情也完全消失不见了，那时他的头脑里恐怕已没有了灵与肉问题的栖身之地。我们就像是外乡人似的左顾右盼地瞧着繁华的东京。之后我们去了两国[①]，不顾暑热天气，吃了一顿暹罗鸡。K趁着这个势头，建议干脆

① 两国：东京的地名。

走回小石川吧。论体力，我要比K强些，便马上同意了。

“到家的时候，夫人看到我们两个的模样大为吃惊。两个人不仅晒得黝黑，加上走了很多路，都瘦了不少。不过夫人还是称赞说，瞧着更结实了。小姐说夫人说话自相矛盾，真可笑，说完又吃吃地笑起来。去旅行之前，我常常为小姐无端发笑而生气，此时却觉得很愉快。大概是因为今天的场合不同，况且很久没听到这笑声的缘故吧。

32

“不仅如此，我还发觉小姐的态度有了稍许变化。我们出门旅行了这么长时间，要恢复到以往的日常生活状态，诸般事情都需要女人照应。姑且不说一直照料我们的夫人，我感觉小姐凡事总是先想到我，然后才是K。倘若小姐做得太露骨，我也会为难的，甚至会感觉不愉快。但是在这一点上，小姐做得很有分寸，我很高兴。就是说，小姐只让我一个人感受到她把自己的温情多分给了我一些。K也没有显得不高兴，还是老样子。我心里暗暗地奏起了战胜他的凯歌。

“转眼夏天过去了。从九月中旬开始，我们又要到学校去上课了。由于课程不同，我和K回家的时间又有早有晚了。一个星期我有三天比K晚回来。不过，无论我什么时候回来，都没有再在K的房间里见到过小姐。K还是跟以前一样抬起眼睛，对我机械地重复一声：‘刚回来？’我也如同机械一般，简单而无意义地点点头。

“大概是十月中旬的一天，我起晚了，穿着和服就急匆匆赶到学校去了。由于来不及系皮靴的鞋带，趿拉着草履就跑出去了。那天，按课程表，我应该比K先回家的。所以，一回来，我就‘哗啦’一声拉开了格子门，突然听到了以为还没回来的K的说话声，同时传来了小姐的笑声。因为那天我没穿那双费事儿的靴子，所以立刻走了进去，打开隔扇。我看见了一如往常坐在桌前的K，但是小姐已经不在这里了，只是她那从K的房间里逃走似的背影从眼前闪过。我问K，怎么回来得这么早。他说心情不好，没有去上课。我走进自己的房间，坐了下来。不一会儿，小姐送茶进来。直到这时，她才对我问候了一声‘回来啦’。我不是那种讨巧的男人，不会笑着问她，刚才干吗逃跑呀，可心里总是惦记着这件事。小姐没坐多久就离开我的房间，沿着走廊回自己房间去了。但是，她路过K的房间时停了下来，站在门口跟K说了两三句话，像是接着刚才没说完的话茬儿。我没听见前面的，也不知他们在说什么。

“过了几天，小姐的神态渐渐变得坦然了。即使我和K都在家的时候，她也常常走到K房间的檐廊上，叫声他的名字，然后走进去，坐上好久。当然无非是送信件或洗好的衣服之类的事。在一个屋檐下住着，这些往来虽说也没什么可非议的，但是，对于一心想独占小姐的我来说，却总是觉得无法释然。有时，我甚至觉得小姐似乎在故意回避我，不到我房里来，只去K的房间。你可能会问，那你为什么不让K搬出去呢？如果这样做，我硬把K拉来一起住的初衷就被否定了，所以我不能那样做。

33

“那是十一月冷雨连绵的一天，我穿着淋湿的大衣，像往常那样穿过蒟蒻阎魔堂[①]，走上狭窄的坡路，回到了家里。K的房间里没有人，可火盆里却暖烘烘地燃着新加的炭火。我也想赶快在红红的炭火上烤烤冰凉的手，便急忙打开自己房间的隔扇。可是，我的火盆里只有一堆冰冷的白灰，连火星儿都没有，我立刻感到不快。

“这时候，夫人听到我的脚步声，来到我的房间。她见我默默地站在屋子中间，便心疼地帮我脱下大衣，换上和服。听我说冷，又赶忙从外间把K的火盆搬进来。我问：‘K已经回来了吗？’夫人说：‘回来又出去了。’按理说，那天K也应该比我晚回来，我不觉有些奇怪。夫人说他大概是有什么事吧。

“我坐在屋里看了一会儿书。家里静悄悄的，听不到一点

---

① 蒟蒻阎魔堂：位于东京都文京区初音町的源觉寺内，因供奉蒟蒻（即魔芋）而得名。

儿说话声，我渐渐觉得这初冬的寒冷和静寂侵袭了我的身体。我突然想到热闹的地方去转转，便合上书站起来。雨终于停了，天空仍然像冰凉的铅一般沉重，我怕再下雨，便扛了把蛇目伞[①]，沿着炮兵工厂后面的土围墙，走下了朝东去的坡路。那时候还没有修路，坡度比现在陡得多，路面很窄，也没有现在这么直。而且走下坡后，南面有高楼阻挡，雨水排不出去，路面上泥泞不堪。特别是走过细石桥，到柳町的大马路之前的那段路，就更别提了。哪怕穿着高齿木屐或长筒靴也不能随意行走。道路中央有一条泥浆自然流向两边的细长窄路，行人都必须小心翼翼地沿着它行走。这条窄路只有一两尺宽，人们排成一队，慢慢地走过去，就如同踩在马路上铺着的一条窄带上往前走似的。我就是在这条窄带上突然遇到K的。只顾注意脚下的我，直到走了个照面，都没有发现他，我觉得前面突然被人挡住了，猛然抬起头，才看见站在面前的K。我问他上哪儿去了，他只是说出来随便走走，他回答的语气跟往常一样简单明了。我和K在这条窄带上错身而过时，看见他身后站着一个年轻的女人。我眼睛近视，并没有看清楚是谁，可是让过K之后，一看那女人的脸，原来是房东家的小姐，我不禁吃了一惊。小姐有些脸红，向我问了声好。那时候女人的发型跟现在不同，还没有出现厢发[②]，而是把头发像蛇一样盘在头顶。我

① 蛇目伞：一种日本桐油纸伞，因伞面上的异色环状花纹，从上面看犹如蛇目而得名。

② 厢发：一种前发、鬓发连起的西式发型。

呆呆地盯着小姐的头发，但马上意识到得有一方让路，便果断地一只脚踩在泥里，留出比较好走的地方，让小姐过去了。

“随后我就来到了柳町大街，却不知去哪儿好了，只觉得去哪儿都没多大意思。于是，我也不管泥水会不会溅到身上，自暴自弃地在泥泞中快走了一会儿，就回了家。

34

“我问K是不是和小姐一起出去的，K说不是，说是在真砂町偶然遇到小姐，一起回来的。我不好再问下去了，但是吃饭的时候，我还是忍不住向小姐提出同样的问题。于是她又露出了我一向讨厌的笑容，然后才说：‘上哪儿去了？你猜猜看。’那时候我是个急脾气，最烦年轻女人这样不正经回答问话，马上生气了。但是在饭桌上能察觉到我生气的，只有夫人一个人。K仍是那副无所谓的样子，而小姐这样开玩笑到底是故意为之，还是由于天真，我分辨不出。按说小姐算是个有头脑的年轻女子，不过，我所讨厌的年轻女子的共同点，她也不能说没有。我意识到小姐这一点，却是从K来到这里之后。我有点儿茫然，搞不清这感觉应该归咎于我对K的嫉妒呢，还是应该看作小姐对我的挑逗。至今我也不想否认我那时的嫉妒心。正如我感受过多次的那样，我清醒地意识到了这种感情在爱情中起到的作用，而且在旁人看来，这种感情几乎总是在无足轻重的琐事上冒头的。虽说是另一个问题，可这种嫉妒心不正是爱的另一面吗？结婚以后，我觉得这种感觉日渐淡薄下来，而爱情也不如以前那样强烈了。

“我开始考虑，要不要把自己一直犹豫不决的想法统统告诉对方？我说的对方并非指小姐，而是夫人。我曾想过，是不是干脆跟夫人直截了当说：‘请你把小姐嫁给我吧。’虽然这样下了决心，却又一天天拖延了下去。如此看来，我真是个优柔寡断的人。给人优柔寡断的感觉倒也罢了，真正使我犹豫不决的，并不是由于缺乏胆量。在K没搬来的时候，我是怕落入人家的圈套，因此一再压抑自己，一步也不能往前迈进。K来了以后，我又怀疑小姐是否喜欢K，这一疑心制约了我。因为我暗下决心，倘若小姐倾心的真是K，而不是我的话，我就没有必要表达自己的爱慕之心了，这跟一般人说的害怕丢面子可不是一回事。无论我这边多么喜欢对方，如果对方心里想的是另外一个人的话，我也不愿意同那样的女人生活在一起。世上的确有那种不管人家是否愿意，非要把自己喜欢的女人娶回家，而且沾沾自喜的人。当时，我认为这种人不是比我们更世故的人，就是不懂得爱是何物的蠢人。我那时候年轻气盛，以至于连一旦娶回家，便一切都尘埃落定这么浅显的道理都不懂得。总之，我是个极为高尚的爱情理论家，同时又是个最最迂腐的爱情实践者。

“长期生活在一个屋檐下，有很多机会直接向小姐本人表白自己的心意，我都故意回避了。那时候，我固执地认为，按照日本人的习惯，是不允许这样求爱的，但绝不能说只是这一观念束缚了我。因为我还认定，日本人，特别是日本年轻女子，在这种场合都是缺乏毫无顾忌地袒露自己内心的勇气的。

35

“这些原因使我一直在原地踏步，哪方面都毫无进展。身体不舒服或是睡午觉醒来的时候，常有这样的情况吧，周围的一切虽然看得清清楚楚，可手脚就是不听使唤。我有时会品尝到这种旁人无法理解的苦楚。

“冬去春来，一年又过去了。一天，夫人对K说：‘今天想玩玩纸牌，你能不能找几个朋友来一起玩。’K马上回答：‘我一个朋友也没有。’夫人听了很惊讶。这倒是真的，K没有一个能称得上朋友的人。在街上碰见打打招呼的人倒有几个，不过他们根本不属于能够一起玩纸牌那么熟的朋友。夫人又对我说：‘要不你叫几个认识的人来，可以吗？’可是不巧的是，我也没有心思玩这种闹哄哄的游戏，只含糊其词地应了一声，便把这事给打发了。谁知到了晚上，K和我还是被小姐拉出了房间。尽管没有邀请一个客人来，夫人还是说，那就家里这几个人玩吧，所以倒也没多大动静。而且一向不沾这类玩意儿的K，就跟看热闹的人一样。我问K，到底知道不知道《小仓百人一首》[①]里的和歌。他回答说，不大知道。小姐听了我的问话，大概是以为我看不起K吧，明显地帮起了K。最后发展到两个人几乎联起手来对付我了。要是换了别人，我说不定会跟对方争吵起来。好在从开始起，K的表情一直没变，我从他脸上没有看出一点儿得意的表情，这才平安无事地把这个游戏对付下来了。

“大约又过了两三天，夫人和小姐一早就出门了，说是去住在市谷的亲戚家。那时K和我还没有开学，便留在了家里。我既不愿意看书，也不想出去散步，只是将两个胳膊肘支在火盆边上，托着腮帮子想心事。隔壁的K也悄无声息，屋子里静得互相不知对方是不是在房间里。这种情况在我们之间已不是什么稀罕事了，因此我也没有特别在意。

“到了十点左右，K突然拉开隔扇，盯着我看。他站在门槛上，问我在想什么。我本来也没想什么，如果说想了，那么多半也是像往常一样，在想小姐吧。想小姐自然会连带着想到夫人，而且近来K也像个无法分离的人一样，总是在我的脑子里转悠，使这个问题复杂化了。虽然以前一直朦胧地觉得他是个障碍，可当我这样同他四目相对时，却不能直言不讳地说出来。此时我依然望着他的脸，沉默不语。他索性走进屋来，在我正烤着的火盆跟前坐了下来。我赶忙从火盆上收回胳膊，将火盆往K那边稍微推了推。

---

① 《小仓百人一首》：从一百个著名和歌诗人的和歌中，每人选取一首编辑成的和歌集。

“K开始问我一些他一向不会谈论的事情。他问夫人和小姐去了市谷的什么人家，我说大概是小姐的姑妈家。他又问那位姑妈是什么人，我告诉他也是个军人的妻子。于是他又问，女人拜年大多是在正月十五之后，夫人她们怎么这么早就去了。我只好回答，我也不知道为什么。

36

“K没完没了地追问有关夫人和小姐的事情，甚至还问到一些我也回答不了的问题。我感到厌烦，更觉得不可思议。一想到以前聊天时，我提起她们时K的表情，我就不能不注意到他的变化了。我终于忍不住问他，今天为什么老是谈这些事，他突然就沉默了。但是我注意到，他紧闭的嘴角似乎在颤动。他是个沉默寡言的人，而且他有个毛病，每当要说什么话的时候，嘴唇总是会不受控制地抽搐起来。他的嘴唇仿佛在故意反抗他的意志，不肯轻易打开，因此他说出来的话也加重了分量吧。一旦脱口而出，他的声音会比一般人的声音有力一倍。

“只需看一眼他的嘴唇，我便马上察觉到他又要说话了，但他到底准备说出什么话来，我却没有一点儿预感。因此，听了以后，我惊呆了。请你想象一下，从他那沉重的嘴里吐露出他对小姐的相思之苦时，我是怎样的表情吧。我就像是被他的魔棒打成了化石一般，连张嘴的能力都丧失了。

“那时，我万分恐惧，或者说，万分痛苦，反正是呆若木鸡了。从头顶到脚底，我突然变得像石头或铁块那样坚硬了，坚硬得连呼吸的起伏都没有了。幸而这种状态没有持续多久，瞬间之后，我又恢复了常态。这时我突然意识到，完了，被他抢在前头了。

“但是，我根本想不出以后该怎么办，大概也没有时间好好思考吧。我忍受着腋下难闻的汗液湿透了衬衣，一动也没有动。而在这段时间里，K仍然张开一如既往的沉重的嘴巴，断断续续地倾诉着自己的衷肠。我痛苦之极，我觉得自己那痛苦的表情，就像一大张文字清晰的广告贴在自己脸上似的。K即便再不敏感也不会看不到，但他此时把所有的注意力都集中在自己的心事上了，所以无暇顾及我的表情吧。他的告白从始至终贯穿着同样的语调，凝重而迟钝，给我一种不可轻易动摇的感觉。我的心一半在听他告白，另一半却一直焦虑地反复想着，我该怎么办，所以细微之处几乎没有听进耳朵里去。不过，他倾诉时的语调却强烈震撼着我，我不但感受到上面所说的那样的痛苦，还感受到了某种恐惧。也就是说，对方比自己强，这一恐怖的念头在我心里萌生了。

“K的倾诉告一段落时，我已经什么话也说不出来了。我现在也应该在他面前做同样的表白呢，还是先不表白比较明智？我的沉默并非因为在盘算利弊得失，只是我什么也说不出，而且也不想说。

“吃午饭的时候，K和我相对而坐。在女佣的伺候下，我吃完了这顿有生以来最难下咽的饭。吃饭时，我们两个人几乎没有说话，也不知夫人和小姐什么时候才会回来。

37

“我们回到各自的房间后，就没有再照面。K同上午一样悄无声息，我也一直在思考这件事。

“我想，应该向K表明自己的内心，可又觉得现在坦白已经错过时机了。刚才我为什么不打断他的话，发起反击呢？这似乎是个很大的失策。至少在K说完之后，我应该当场把自己的心事说出来，也许还好些。如今K已经表白完了，自己再去做同样的倾诉，怎么琢磨都觉得不妥。我找不到什么更合适的办法可以改变眼下的状态，我被悔恨折磨得头昏脑涨。

“我想，要是K再次打开隔扇，跑来找我说话就好了。其实，刚才我就等于是遭到了突然袭击，没有半点儿应付他这一招的精神准备。我暗下决心，要把上午失去的东西夺回来。所以不时抬起头去看隔扇。然而那隔扇却始终没有拉开，K那边一直是静悄悄的。

“我的心渐渐被这寂静扰乱了。一想到K正在隔扇那边想着什么，我便坐立不安。虽然平时我们总是这样隔着一道隔扇没有声息，但以往的常态是，K越是安静，我就越是忘记他的存在，可见我当时已经失去了常态。尽管如此，我绝不会主动去打开隔扇。一旦错过了告白的时机，我就只有等待对方再来找我了。

“到后来我竟坐不住了，勉强自己这样坐下去的话，说不定会按捺不住闯进K的房间去。我无可奈何地站起身走到檐廊上，从檐廊去了客厅，毫无目的地拿起铁壶，倒了一杯热水喝下去，然后走出了家门。我就这样故意避开穿过K的房间，来到了大街上。我当然没有什么想去的地方。只是因为在家里实在待不住了，所以漫无目的地在正月期间的大街上随意走了起来。可是无论怎样走，我的脑袋里还是被K的事塞得满满的。其实我出来走走并非为了不去想K，而是想好好琢磨琢磨他这个人。

“他是个难以琢磨的人，这是我的第一感觉。他为什么突然向我说出这种事？还有，他的恋情怎么会突然炽热到了非表白不可的程度？平时的他又跑到哪儿去了呢？这一切都令我无法理解。我知道他很倔强，也知道他是个很认真的人。我相信在我决定自己以后应采取的态度之前，应该有很多话要向他问清楚。同时，我一想到今后要与他成为情敌，便不寒而栗。我心事重重地在街头乱走着，眼前总是浮现出静坐在自己房间中的K的面影，耳边仿佛总是听到一个声音：不管你怎样走，也是撼动不了他的。这意思是说，对我而言，他就像是个魔鬼。我甚至忽然感觉，自己莫非已经被他施了魔咒，永无脱身之日了。

“我疲惫不堪地回到家里的时候，K的房间依然静得犹如无人一般。

38

“我到家后不大工夫，便传来人力车轱辘的响声。那时候还没有现今这样的胶皮车轮，所以那‘嘎噔嘎噔’的吵人声音隔着很远都能听到。不一会儿，车子停在了门前。

“我被叫出来吃晚饭，是约莫半小时之后。夫人和小姐换下的外出衣裳还没来得及收起，随便扔在隔壁房间里。她们说怕回来晚了，耽误我们吃晚饭，所以急匆匆赶在做晚饭之前回来的。然而，夫人的热心对于K和我来说，几乎没有一点儿效用。我坐在饭桌前，就像个不爱说话的人似的，只是淡淡地应付几句。K的话比我更少。难得结伴出一趟门的夫人和小姐倒比平时要兴奋和开朗，相比之下，我们的神情就更加显眼了。夫人问我怎么了，我说心情不大好。我确实心情不好。小姐又问了K同样的问题，K只回答‘不想说话’。小姐又追问K：‘为什么不想说话？’这时我忽然抬起沉重的眼皮，望着K。因为受好奇心驱使，我很想听听他会怎么回答。K的嘴唇照例微微地颤抖起来，在不了解情况的人看来，只会以为他是不知怎么回答好。小姐咯咯笑着说：‘你又在思考什么深奥的问题吧？’K的脸上泛起一层淡淡的红晕。

“那天晚上，我睡得比平时早了些。夫人惦记着我吃晚饭时说的心情不好的事，十点钟给我端来一碗荞麦面汤。可是我的房间已经关了灯。‘哟，已经睡啦。’夫人轻轻说道，把隔扇打开了一条窄缝。一道朦胧的煤油灯光从K的桌上斜射到我的房间，K好像还没睡。夫人坐在我的枕边说：‘你大概是感冒了，把这碗热面汤喝下去暖暖身子吧。’说着把碗递到我的嘴边。没有办法，我就在夫人面前喝下了那碗稠糊糊的面汤。

“我在黑暗中思索到很晚。当然只是围绕着一个问题思来想去，却根本解决不了。突然我想到K在隔壁干什么呢，便下意识地‘喂’了一声，于是他也‘唉’了一声，K也没有睡。我隔着隔扇问：‘还没睡吗？’他简短地回答：‘这就睡。’我又问：‘干什么呢？’这回K没有回答。可是大约过了五六分钟，清晰地听到‘哗啦’一声打开橱柜，拿出被褥铺床的声音。我又问：‘几点了？’K答道：‘一点二十。’过了一会儿，只听‘噗’的一声吹灭了油灯，整个房间都陷入了一片漆黑，寂静了下来。

“然而，我的脑子却在这黑暗中越来越清楚了，我又在半无意识的状态下对K‘喂’了一声，K也像刚才一样‘唉’了一声。我终于主动说出，很想跟他好好谈谈今天早上他对我说的事情，问他现在行不行。当然我是不愿意隔着隔扇跟他谈这件事，不过至少可以得到K的回答。可是K这次没有应声，不像刚才我叫他两次，他两次都很快答应了那样，只是含糊地小声说‘是啊’。这又使我吃了一惊。

39

“K含含糊糊的回答，在第二天、第三天都明显地表现在他的神色中，看不出一点儿想主动谈论这个话题的样子。当然也是因为没有合适的机会。我心里很明白，如果夫人和小姐没有出门的话，我们俩是不可能有充裕的时间，仔细谈论这件事的。我虽然明白这个道理，却又莫名其妙地焦躁起来。其结果是，我一改原本打算等着对方提起、我接招的态度，竟下决心只要有机会，就主动开口。

“同时，我悄悄地观察着家里人的动静，夫人的神情和小姐的举止都跟以往没有什么不同。在K向我倾吐对小姐的相思之前和之后，她们的表现没有发生什么变化的话，就说明他的表白对象仅限于我一个人，还没有跟小姐本人以及小姐的监护人夫人说起过。这样一想，我就踏实了些。于是，我又琢磨起来，与其勉强制造机会主动提起此事，不如抓住自然降临到我头上的机会更好一些。我决定暂时把这个问题搁置一下。

“这些听起来简单，但是在我的内心，却好似潮起潮落一般，起伏不已。我见K一直没有动静，便又赋予其许多的含意。观察夫人和小姐的一举一动时，却又怀疑那不会是她们故意装出来的吧。而且，我还胡思乱想，人们胸腔里安装的复杂机器，是否能够像表针那样准确地走着刻盘上的数字？总之一句话，你要知道，我就是这样把同一件事情翻来覆去地从各个角度考虑之后，才好不容易得出这个结论的。说得更复杂些，也许在这种时候是不适合使用‘得出结论’这类词的。

“不久，学校又开学了。上课时间相同的时候，我们一起出门，赶巧的话，放学也一起回家。从表面上看，K和我又像以前那样亲密无间了。但是毫无疑问，各人心里都有着各自的打算。有一天，我在路上突然问了K几个问题。我先问的是他前几天的告白，是只对我一个人说的，还是也对夫人和小姐说了。因为我觉得，我今后要采取的做法，取决于他对这个问题的回答。这时，他明白地告诉我，除了我之外，没有对任何人说过。我暗自高兴，事情跟我预料的一样。我很清楚，K比我要霸道，而且胆量也在我之上，但另一方面，我又莫名地相信他。虽然在学费问题上，他欺骗了养父三年之久，可是我对他的信任却没有受到丝毫影响，反而因此更加相信他了。所以，尽管我这个人疑心很重，却怎么也无法怀疑他这一明确的回答。

“我又问他打算如何处理自己的爱情，是仅限于告白呢，还是想要进一步达到实际的目的。可是对这个问题，他没有回答，默默地向坡下走去。我请求他不要隐瞒，把心里想的都告诉我。他清楚地回答，没有什么可瞒着我的。但是对于我刚才问到的事情，他却一句也没有回答。走在大街上，我也不好停下来打破砂锅问到底，便只好作罢了。

40

“有一天，我走进好久没有去的学校图书馆，坐在长桌的一角，上身沐浴着窗外射进来的阳光，翻阅着新到的外国杂志。因为任课老师要我在下周之前查阅一下某个专业方面的资料。但是我要查的东西总也找不到，所以我借了好几次杂志，最后好不容易找到了自己需要的论文，便专心致志地看了起来。这时，忽然听见宽大的长桌对面，有人小声叫着我的名字。我抬头一看，是K站在桌子对面。他俯下身，隔着桌子凑近我的脸。正如你知道的，图书馆里不能大声说话，以免妨碍别人。虽说K的这一举动极其平常，我却感觉自己的心情很异样。

“K低声问我是在学习吗，我说查些资料。可是他并没有抬起身，低声说：‘咱们去散散步吧。’我说：‘稍等一下，可以去。’他说了句‘我等你’，就立刻在我面前的空位上坐了下来。我的注意力被分散，杂志也看不下去了。不知怎么搞的，我总觉得K一定有心事，是专门来跟我摊牌的。我不得不把没看完的杂志合上了，准备站起来。K平静地问道：‘看完了？’‘没关系。’我答道。我还了杂志，跟K一起走出了图书馆。

“两个人也没有别的去处，就从龙岗町走到池端，进了上野公园。这时他突然主动谈起了那件事。从前前后后的情况综合考虑，我判断K是为此事特意拉我出来散步的。但是，他的态度依然没有朝着实质性的方向进展一步，只是笼统地问我：‘你怎么想的？’这句问话的意思是，对于堕入情网的他，我是怎么看的。一句话，他想知道我对他现在的看法。我想，由此可以确认他与平时的不同之处了，我曾经说过多次，他的个性并不懦弱，不大在乎别人对自己的看法，他有胆有识，只要认定一点，就敢于一个人向前突进。在他和养父家的那件事上，就充分反映出他的个性，让我难以忘怀。因此，我敏锐地觉察到了他今天的反常表现，也是顺理成章的。

“当我问他为什么现在来征求我的看法时，他说：‘我是个懦夫，深感羞愧。’他的语气从未如此沮丧。他还说：‘因为犹豫不决，怎么也拿不定主意，只好来征求一下你的意见。’我不失时机地追问他：‘犹豫不决什么？’他说：‘不知是应该前进还是后退。’我又追问道：‘如果后退，你能做到吗？’结果他答不上来了，只是说：‘很痛苦。’他的神情一看便知，确实是很痛苦。倘若对方不是小姐的话，我一定会让他久旱逢甘露一般，得到一个最渴求的回答。我相信，自己生来就是具有这般慈悲心的人，但是，那时的我却没有这样做。

41

“我就像和其他流派的人比武似的仔细观察着K，将我的眼睛、我的心脏、我的身体……所有属于我的部位都包裹得没有一丝缝隙地提防着他。单纯的K对人丝毫不加防备，不只是疏于防范，说他是在开门揖盗更恰如其分。这就好比，他把自己负责保管的要塞地图拱手相送，使我得以在他面前从容不迫地观看一般。

“我发现K正在理想与现实之间犹豫彷徨，于是我着眼于只消一击便能将他打倒的要害之处，并急速乘虚而入。我突然对他摆出了一副严肃庄重的表情，这当然是一种策略，不过此时的紧张心情也恰巧与这种神态相吻合，所以竟没有注意到自己的滑稽与可耻。我首先声称‘在精神上没有上进心的人，是蠢货’。这是我们俩在房州旅行时，K对我说过的话。现在我又将这句话模仿他当时的口气回敬给了他。但这绝不是出于报复心理，坦白地说，我这样做的用意比报复更为残酷，因为，我要用这句话堵住K面前的爱情之路。

“K出生在真宗寺，但从中学时代起，他的观念就与生父所信奉的教义相去甚远。我不大懂得教义上的区别，自知没有资格这样说，我只是从男女情爱的角度这样判断他的。K很早就喜欢把‘精进’这个词挂在嘴上，所以我一直以为这个词也包含着禁欲的意思。但是后来问了他这个词的真正意义，才知道其含意比禁欲更为严苛，我惊讶万分。为了道义值得牺牲一切，乃是K的第一信条。因此，姑且不论摄欲或禁欲，即便是脱离了情欲的恋爱也是有碍修道的。他靠打工养活自己的那段时间，我常常听他对我发表这种见解，那时我已经爱上了小姐，势必对他的论点予以反驳。我一表示反对，他就露出怜悯的神情。他那神情中，轻蔑的成分更多于同情。

“正因为我们之间有着这样的过往，所以‘在精神上没有上进心的人，是蠢货’这句话，必然会深深地刺痛K的心。但是，正如我前面说过的，我并非企图通过这句话毁掉他多年来千辛万苦铸就的信念。相反，我是希望他像以前一样继续磨砺下去。无论他成就道义也好，出人头地也罢，我都不关心。我只是担心他突然改变生活轨道，与我的利益发生冲突。归根结底，我说这句话无非是私心在作怪。

“‘在精神上没有上进心的人，是蠢货。’

“我又重复了一遍这句话，然后仔细观察这句话会对K产生怎样的影响。

“‘是蠢货，’少顷，他这样回答，‘我是个蠢货。’

“他忽然站住，不往前走了，他低头盯着地面。我不禁打了个冷战，恍惚感到K在那一瞬间，突然孤注一掷地强硬起来。但我还是听出他的声音有多么无力。我想再从他的眼睛里窥探点儿什么，可他一直没有正视我的眼睛。然后，他又步履沉重地走了起来。

42

“我和K并肩走着，心里却等着他接着说下去。或许说是‘设下埋伏’更恰当些吧。那时候我甚至想，纵然给他设圈套，也在所不惜。不过，我也受过教育，多少有些良心，所以，假设此时有人走到我身边，对我悄悄说一句‘你真卑鄙啊’的话，我说不定会在那一瞬间幡然悔悟的。如果K是那个人的话，我也会在他面前羞愧万分的吧。遗憾的是，K实在太正直、太单纯了，他的心地太善良了，因此他绝对不会责备我。昏了头的我，不但忘记了应该对他肃然起敬，反而乘虚而入，想要利用他的善良将他击垮。

“过了一会儿，K叫了声我的名字，望着我。这次是我不自觉地停下了脚步，于是K也停了下来。这时我才和他四目相对，他的个子比我高，我必须仰着脸看他。我的眼睛宛如一只凶恶的狼盯着无辜的羊一般盯着他。

“‘不说这事了。’他说道。他的眼神和声音里都隐含着哀痛。我一时竟无言以对。‘别再说了。’他恳求般地又重复了一遍。我那时给了他一个残忍的回答，就如同狼瞅准机会咬住羊的喉管一样。

“‘不要再说了？这又不是我要说的，本来就是你提起的啊。当然，你不想再提也可以，不过只停留在口头上是不行的，你必须从心里下决心，不再去想这件事。你究竟打算怎样坚持你一贯的信念呢？’

“我这样说时，觉得他那高大的个头在我面前萎缩了，矮小了。正如我说过的那样，他虽然性格非常倔强，却是个极其正直的人，所以当别人严厉地指出他这一矛盾时，他绝不会无所谓。我看见他这副样子，才终于放下心来。这时，他突然问道：‘下决心？’我还没来得及回答，他又接着说：‘下决心，没什么不能下决心的。’他的口气像是自言自语，又像是在说梦话。

“我们没有再说话，向小石川的住处走去。那一天虽然风和日丽，但毕竟是冬天，公园里冷冷清清的。尤其当我回身看到那些被霜打过变成茶褐色的杉树，树梢齐刷刷地伸向昏暗的天空时，只觉得一股寒气粘在后背上了似的。我们急步穿过暮色中的本乡台，走下通向对面山坡的小石川洼地。直到这时，我才渐渐感到外套里面的身子暖和了点儿。

“也许走得太急了，我们在回家的路上几乎没有说话。回到家里吃饭的时候，夫人问我们怎么回来晚了。我说K叫我一起去了上野。‘这大冷的天，还去上野？’夫人显得非常惊讶。小姐想知道我们为什么去上野，我只是回答，也没什么，就是去散散步。一向寡言少语的K，比平时更沉默了。夫人跟他说话，小姐冲他笑，他都待答不理的。他三口两口吃完了饭，不等我吃完，就先回自己的房间去了。

43

“那个年代还没有什么‘觉醒’啦、‘新生活’啦之类的新词儿。不过，K之所以无法毅然决然地抛弃旧我，不顾一切地奔向新的目标，并非因为他缺乏现代人的观念，而是因为他有着不能够轻易抛弃的可贵经历。也可以说，他是因此而活到今天的。所以，即便他没有一往无前地冲向自己所爱的目标，也绝不能说明他爱得不够深，无论怎样激情燃烧，他也不会肆意妄为的。只要没有足以使他丧失理智、冲动妄为的契机，他就不能不停下来，回顾一下自己的过去。如此一来，他就势必沿着以前所走过的路继续走下去，而且，他具有现代人所不具备的倔强和隐忍的性格。我自信在这两点上，都已经看透了他的心。

“从上野回来的那晚，我倒是睡得比较安稳。K离席后，我紧跟着他回了屋，坐在他的桌旁，然后故意跟他东拉西扯地闲聊，他露出很烦的神色。我的眼睛里很可能闪烁着胜利之光，所以声音听起来也肯定是洋洋自得的。在K的火盆旁烤了一会儿手之后，我就回到了自己的房间。尽管无论哪方面，我都不及他，但只有那时，我觉得对他是不必惧怕的。

“很快我就安心地睡着了。但是，突然听到有人叫我的名字，便惊醒了。睁眼一看，隔扇开了两尺左右，K黑乎乎的身影立在那里。因为他的房间依然像天刚黑时那样亮着灯。刚刚惊醒的我迷迷瞪瞪地望着眼前的景象，一时间说不出话来。

“这时K问：‘已经睡了？’K平时总是睡得很晚。我望着他那剪影般黑乎乎的身影，反问：‘有什么事？’他只是说：‘没什么要紧事，去上厕所回来，顺便看看你睡没睡。’他背朝着灯光，所以我一点儿也看不出他的脸色和神情，但他的声音倒比平日要沉稳得多。

“然后，K‘哗啦’一声关紧了隔扇，我的房间又回归了原来的黑暗。为了在黑暗中平静地进入梦乡，我又闭上了眼睛，很快便睡着了。但是第二天早上，一想起昨晚的事，我总觉得有些蹊跷，说不定是自己做梦吧。于是吃饭的时候，我问了K，他说昨夜确实打开隔扇，叫过我的名字。我问他为什么叫我时，却没有得到明确的回答。可就在我已经没有心情说这事的时候，他却问我：‘近来睡得可好？’我觉得他有点儿奇怪。

“那天，恰好我们俩上课时间相同，吃完早饭，我们就一起出了门。从早上一起床，我就惦记着昨晚的事情，所以路上又追问了他。然而他仍没有给出使我满意的回答。我就试探着问道：‘是不是关于那件事，你有什么话要跟我说？’他断然否定说：‘不是。’他说话的口吻听起来仿佛在提醒我，昨天在上野公园，不是说过‘这件事不要再提了’吗！在这类事情上，K是个自尊心极强的人。突然觉察到这一点时，我想起了他说过的‘下决心’这个词。于是，这个一直没有被在意过的词，沉甸甸地压在了我的心头。

44

“我很清楚K的果断性格，也很了解唯独在这件事上，他如此优柔寡断的缘由。可以说，我自以为深谙其禀性，又彻底把握了其‘出圈’的可能性，而暗自得意起来。但是，当我反复回味着他说过的‘下决心’时，我那得意的心情便渐渐失了色，最后竟心神不安起来。因为我想到，很可能现在这种情况对他而言并不是‘出圈’。因为我开始怀疑，他把一举解决所有疑虑、苦闷和懊恼的最后手段，都藏在了心里。我用这一新的光照再次去审视他那‘下决心’之语时，顿时惊出一身冷汗。如果当时我以这种惊异的心情，再次公平地思考一遍他所说的‘下决心’的含意就好了。可悲的是，我竟瞎了眼，我只把这个词理解为他要向小姐展开追求攻势的意思，我以为K要在爱情上展现他那果断的性格，便是他的‘决心’。

“我仿佛听见一个声音：你也必须做出最后的决断。于是我马上鼓起勇气，响应那个声音。我一定要抢在K的前头，并且瞒着他做这件事情，我暗暗窥伺着机会。但是，两天过去了、三天过去了，我也没有找到机会。我是在等待K和小姐都不在家的时机，跟夫人单独谈这件事。可是，这个没在家，那个却在，反正总有一个在家，妨碍我的计划，就这么一天天地拖延下来，一直没能找到一个好时机。我渐渐焦急起来。

“一个星期之后，我终于忍受不住，采用了装病这一招。早上，夫人、小姐和K都催我起床，我只是哼哼唧唧地躺在被窝里不起来，一直耗到十点左右。估摸着K和小姐都走了，家里安静下来的时候，我才起了床。夫人一看到我起来了，就问我哪儿不舒服，还关切地说：‘我把饭送到你枕边来，你再睡一会儿的好。’我本来就没病，实在不想再睡了，洗了脸，就像平常那样在客厅吃饭。当时，夫人坐在长火盆对面给我盛饭。我手里端着说不上是早饭还是午饭的饭碗，心里一直琢磨着该怎样开这个口，所以在外人看来，也挺像是个不舒服的病人。

“吃过饭，我点上支烟抽起来。我没有起身，夫人也不好离开。她叫女佣撤掉了碗筷后，又是给铁壶灌满水，又是擦拭着火盆沿儿，干这干那地陪着我。我问夫人有没有事要办，她说没有，然后反问我为什么问这个。我说：‘有点儿事想跟您谈一谈。’‘什么事啊？’夫人望着我的脸问道。她说话的口气轻飘飘的，跟我此时的心情很不协调。所以，我把要说的话又咽了下去。

“我只好绕起了圈子，最后才含糊其词地问夫人：‘近来K没跟您说过什么吗？’夫人显得很意外，反问我：‘说什么？’还没等我回答，她反而问起我来：‘他跟你说过什么吗？’

45

“我根本没打算把K对我的表白告诉夫人，便回答：‘没说什么。’随后又对自己这样撒谎感到不快，只好又说：‘K没有托我跟夫人说什么，我要谈的不是关于K的事。’‘是嘛。’夫人说道，等着我说下去。我无论如何必须开口了。‘夫人，请把小姐嫁给我吧。’我突然这样说道。夫人虽然没有我想象的那么惊讶，但好一会儿也没有回答出话来，默默地望着我的脸。一旦开了口，我也就顾不上许多了，面对着夫人望着我的眼睛，恳求道：‘把小姐嫁给我吧，请您一定要答应我！’还说：‘求求您，让小姐做我的妻子吧。’夫人毕竟上了年岁，比我冷静得多，问道：‘嫁给你是可以的，不过也太急了些吧？’我赶紧答道：‘我是突然想要娶小姐的。’夫人听了笑了起来，然后问了一句：‘你是认真考虑过的吗？’我不容置疑地辩称：‘虽然是突然提出来，但不是突然这么想的。’

“夫人又问了两三个问题，我全都不记得了。夫人像男子一样性格爽快，不同于一般的女人，跟夫人谈这种事情的时候，感觉格外痛快顺畅。最后夫人对我说：‘好吧，就许配给你吧。’然后，夫人转而又拜托我：‘我们这样的小户人家，或许够不上说什么许配给你的身份，请你娶了她吧。你也知

道，她是个没有父亲的可怜孩子。’

“这件事就这么三言两语地谈妥了，从开始到结束恐怕都不到十五分钟。夫人没有提出任何条件，还说也不必同亲戚们商量，回头知会他们一声就可以了，甚至说连小姐本人的意思也不用问。在这个问题上，我这个有知识的人，反倒显得拘泥于形式了。我提醒夫人，亲戚的意见单说，还是应该先问问小姐本人的想法，她答应了再说。夫人说：‘放心吧。她本人不愿意的话，我是不会把她嫁给你的。’

“我回到自己的房间后，想到事情进行得如此顺风顺水，心里反倒打起鼓来。脑子里甚至冒出了疑问：我真的可以放心吗？但是，大体上说，我未来的命运已经就此定了下来，这个念头刷新了我的一切。

“中午时分，我又到客厅去找夫人，问她打算什么时候把今天上午说的事情告诉小姐。夫人说：‘只要她本人乐意，什么时候说都无所谓吧。’看起来，夫人似乎比我更像个男子汉。我正准备离开，夫人叫住我说：‘如果你觉得早点儿说好，今天也可以。她学琴回来，我就告诉她。’我回答说：‘这样太好了。’说完，我又回到自己房中。然而，当我想到自己坐在桌前远远地听着她们两个窃窃私语的情形时，不知怎的，心里就扑通扑通乱跳。我终于坐不住了，戴上帽子出了家门。谁知走到坡下时，遇见了回家的小姐。一无所知的小姐看见我，好像有点儿惊讶。我摘下帽子打了个招呼：‘回来啦？’小姐颇感意外地问道：‘你病好了？’‘好了，好了。’我回答，然后快步向水道桥那边拐过去了。

46

“我从猿乐町走到神保町大街，又拐向了小川町。我到这一带来，一向是为了逛旧书店，可是那天，我却怎么也提不起劲头去看那些破旧的书了。我一边走，一边不停地琢磨着家里发生的事情，回想着刚才夫人的举止，猜想着小姐回家后的情景，仿佛这二者在催着我走路似的。我不自觉地停下来，呆呆地站在大街上，想着这会儿夫人大概正跟小姐谈那个事吧，过了一会儿又想，现在应该差不多说完了。

“就这样，我过了万世桥，走上明神坡路，来到本乡台，然后又走下菊坂路，最后回到了小石川低洼地。我走的距离，可以说横跨这三个区域，画了一个大大的椭圆形。但是，在这么长距离的散步过程中，我几乎一次也没想到K。现在回想起来，连我自己也不知是怎么回事，只觉得奇怪。我之所以会把K忘掉，虽然也可以说是由于太紧张了，但也说明了我的良心无法宽恕自己。

“我重拾对于K的良知，是在我打开大门，走进客厅时，也就是像往常那样穿过他房间的那个瞬间。他一如既往地正在伏案看书，一如既往地抬起头来望着我。但是，他并没像平时那样说：‘回来啦？’却问了句：‘病好了？看过医生了？’

那一瞬间，我真想跪在他面前，求他饶恕自己。而且，我当时的那股冲动，绝不是出于软弱。我想，倘若只有K和我两个人站在旷野里的话，我一定会遵从良心的命令，向他谢罪的。可是隔壁房间里有人，我的那股冲动便被压制住了。并且更可悲的是，再也没有能够恢复。

“吃饭的时候，K和我又见面了。还蒙在鼓里的K一直沉默着，并没有对我表露出丝毫怀疑。不知内情的夫人显得比平时高兴，只有我知道所有的一切。这顿饭我实在是难以下咽。那天晚饭，小姐没有像往常那样跟我们同桌吃饭。夫人叫她来吃饭，小姐只是在隔壁答应‘马上就来’。K在旁边听着，感觉很纳闷，终于忍不住问夫人是怎么回事。夫人回答说：‘大概是有点儿害羞吧。’说着瞅了我一眼。K仍是不解，追问道：‘为什么害羞啊？’夫人微笑着又瞧了我一眼。

“在饭桌旁一坐下，我就从夫人的表情大致推测到了事情的进展。但我担心夫人会当着我的面把这件事情的经过一五一十地告诉K，那我可就难堪了，而且对这类事夫人一向是满不在乎的。我的心提到了嗓子眼儿，幸而K又恢复了往日的沉默。心情比平时显得愉快的夫人，也终于没有把我所担心的事讲出来。我这才松了一口气，回到自己房中。但是，我不能不考虑今后该如何面对K的问题。我在心里设想了好多为自己辩解的理由，但是任何辩解都不足以使我坦然地面对K。卑怯的我，无论如何也不愿自己去向K做出解释。

47

“就这样过了两三天。不用说，在这两三天中，对K的担心萦绕在我的心头，沉重不堪。我心想，自己若不想法做点儿什么，便对不起他。而且看夫人的样子和小姐的神情，又像是刺激着我这么做似的，使我愈加坐卧不宁。男人般性情爽快的夫人说不定什么时候就会在饭桌上把这件事捅给K，而且从那以来小姐对我日渐明显起来的亲昵态度，不见得不会使K心生疑窦。眼下的处境使我必须想个办法，把我和这个家庭之间结成的新关系告诉K。可是由于自己在伦理道德上有理亏之处，对于一向自负的我而言，更是难上加难的事。

“无奈之下，我打算请夫人正式对K说一下，当然是趁我不在家的时候。不过，若是对他实话实说，那么只有直接与间接的区别，都是一样丢脸。然而，若要夫人编假话，夫人必定会追问我为什么要这样了。如果把一切都告诉夫人，我就必须主动把自己的弱点暴露在自己的爱人和她的母亲面前。一向正直本分的我，认为这关乎我未来的信誉，在结婚之前就失去爱人的信任，哪怕是一丝一毫，对我而言也是无法忍受的不幸。

“总之，我是个本想走正直的路，却不慎走偏的蠢货，或者说是个狡猾的男人。而知道这一点的，现在只有老天爷和我的心。但是，倘若我想要修正方向，重新向前迈步的话，便会陷入不得不把走偏的原委告知众人的窘境。我想将此事隐瞒到底，同时又不能不继续往前走，我被困其间，进退不得。

“过了五六天之后，夫人突然问我，那件事你跟K说了吗？我说还没有，夫人便追问我为什么不告诉K。面对夫人的诘问，我无言以对。当时，夫人说了句令我震惊的话，至今我都忘不了。夫人说：‘怪不得我告诉他的时候，他的脸色很不好呢。你也不应该呀，你们平时那么要好，却不告诉他，若无其事的。’

“我问夫人，K当时说了些什么。夫人回答，也没说什么。我自然想知道详细情况，便追问下去。夫人原本也不必隐瞒什么，便说其实也没说什么，并把K当时的表现一五一十地告诉了我。

“根据夫人的讲述，我猜想，K似乎以最沉静的震惊承受了这最后的打击。当K知道我和小姐之间结成的新关系时，最初说了句：‘是吗？’但是当夫人说‘你也为我们高兴高兴啊’的时候，他才望着夫人的脸，露出微笑，说：‘恭喜您了。’说完就站起身来。在打开茶室的隔扇门之前，他又回过头来问夫人：‘他们什么时候结婚？’然后又道：‘我本想送些贺礼，可是没有钱，只好作罢了。’我坐在夫人面前，听了这番话，觉得胸口发闷，非常难受。

48

“算起来，从夫人告诉K之后已经过去两天了。这期间，由于K对我丝毫没有表现出不同于以往的样子，所以我完全没有意识到他已经知晓。我觉得他这超然的姿态，即便只是外表上的，也令人敬佩。我把他和自己做了个比较，显然他远比我要高尚。‘虽然我靠计谋取胜了，但在人格上却失败了。’这一念头在我心中涌动起来。我一想到当时K一定很蔑视我，惭愧得脸都红了。但是事到如今，要我到K面前去自取其辱，会极大地伤害我的自尊心。

“无论该怎样去面对K，我都打算等到第二天再说，这一天是星期六的晚上。但是，就在那天晚上，K自杀了。至今我一想起那晚的光景，仍觉得毛骨悚然。我平时睡觉总是枕头朝东，可只有那晚是偶然枕头朝西睡的觉，这或许是什么兆头吧。我感觉枕边寒风嗖嗖，突然醒来，睁眼一看，K和我的屋子之间一向关得很紧的隔扇，同几天前那个晚上一样开着，然而K那黑乎乎的身影，却并没有像那天那样站在门口。我仿佛得到某种暗示似的，在地铺上用胳膊肘撑起身子，凝神朝K的房间望去，昏暗的油灯还点着，被褥也铺着。但是被子好像掀起来堆在脚底下，K头朝那边趴在被褥上。

“我‘喂’了一声，没有回音。‘喂，你怎么啦？’我又叫了一声，K还是一动不动地趴着。我马上站起来，走到门槛旁，借着昏暗的油灯，看了看他的房间。

“当时给我的第一感觉，就和突然听到K坦白他的爱情时差不多。刚看了他屋内一眼，我的眼睛便犹如玻璃做的假眼一般失去了转动的能力。我木呆呆地伫立着，惊悚之感像一阵疾风穿透我的身体，我才意识到，完了，铸成大错了。在这一瞬间，无法挽回的黑色之光射向了我的未来，可怕地照出了我的整个生涯，我止不住地颤抖起来。

“尽管如此，我还是未能忘记自己。我立刻发现桌上放着一封信，信上果然写着我的名字。我不顾一切地拆开信封，但信中并没有提及一句我所害怕的事。我原以为信上一定会写很多谴责我的不堪入耳的话，我害怕若是夫人和小姐看到了，不知会怎样蔑视我呢。我大致看了一遍，便松了口气（当然只是自己的脸面保住了，脸面对当时的我来说是非常重要的）。

“信的内容很简单，或者说是抽象的。K只说自己是因为意志薄弱、怯懦无能、感到前途无望而自杀的，然后简短地对我一直以来给予他的帮助表示了感谢，并请我顺带料理一下他死后的丧葬事宜。还提到自己给夫人惹了麻烦，很过意不去，让我代他向夫人表示歉意，并拜托我通知一下他的家人。总之，拜托之事都非常简要地写上了，唯独不见小姐的名字。看到最后，我马上意识到K是有意回避。但是，最使我痛彻心扉的，是他用剩余的墨在最后添补的一句话：‘本应该早些死的，却不知为何苟活至今。’

“我用颤抖的手把信叠好，重新装入信封。我把信按照原样放在桌子上，以便大家都能看到它。然后我回过身来，这才看到了飞溅到隔扇上的斑斑血迹。

49

“我突然双手抱住K的头，稍稍抬起，想看看K死后的面容。可是，当我从下面去看他那朝下的面孔时，立刻放开了手。不仅是害怕，还感觉他的头异常沉重。我俯看着刚才触摸到的他那冰冷的耳朵和一如平时的浓密头发。我一点儿也没想哭，只是觉得恐怖。这种恐怖的感觉不仅仅是眼前的情景刺激感官而产生的单纯的恐怖，我深深预感到了，这位身体突然变得冰冷的朋友所暗示的命运的恐怖。

“我的脑子里一片空白，又返回自己的房中，在这间八叠大的屋子里转悠起来，大概是我的头脑命令自己姑且这样瞎转悠一阵子的。我觉得必须做什么，同时又觉得自己什么也做不了，所以只能在这屋子里转圈，犹如关在笼子里的熊那样无计可施。

“我几次想到里面去叫醒夫人，可是不应该让女人看到这可怕情景的念头又立刻阻止了我。夫人还好说，万万不可惊吓到小姐，这一强烈的想法阻止了我。于是，我又转起圈来。

“我点上了自己房里的油灯，然后不时地看表。我感觉再没有比那时走得更缓慢的表了。虽然记不清自己醒来的时间，但可以肯定天快要亮了。我一边转圈，一边焦急地等着天亮，恍惚觉得自己身处永无尽头的漫漫长夜。

“我们平时七点钟之前起床，因为学校大多是八点钟上课，不然就会迟到，所以女佣会在六点钟起床。但是，那天我去叫女佣起来时，还不到六点钟。这时夫人提醒我今天是星期日，夫人是听见我的脚步声醒来的。我对夫人说：‘您要是醒了的话，请到我的房间里来一下。’夫人在睡衣外面披了一件平时穿的外褂，跟在我后面，来到我的房间。我一进屋就立刻拉上了刚才还开着的隔扇，然后小声告诉夫人：‘出大事了。’夫人问：‘出了什么事？’我抬起下巴朝隔壁指了指，说：‘您可得有个心理准备。’夫人的脸变得煞白。‘夫人，K自杀了。’我又说道。夫人吓得瑟缩着，盯着我的脸，半天没有说话。我突然匍匐在夫人面前，低下头向她谢罪：‘对不起，都是我不好。我对不起您，也对不起小姐。’在见到夫人之前，我根本没想这样说的，但是，一见到夫人，便情不自禁地脱口而出。你这样想好了，不能够向K谢罪的我，只能这样向夫人和小姐道歉了。就是说，本真的我，骗过了平时清醒时的我，迷迷糊糊地做出了忏悔。好在夫人并没有理解得那么深，对我来说真是幸运。她面色苍白，却以安慰的口吻说：‘这种事任凭谁也想不到的，没办法。’然而夫人的表情僵硬，仿佛惊慌和恐怖雕塑了她的面部肌肉一般。

50

“我虽然很同情夫人，但还是起身打开了刚刚关上的隔扇门。此时K房间的灯油似乎已经燃尽，室内一团漆黑。我回屋拿来自己的油灯，站在门口回头示意夫人。夫人躲在我身后，朝四叠的屋里窥探，但不想进去。她嘱咐我，屋里要保持原样，打开木板套窗。

“真不愧是军人的妻子，接下来的事情夫人处理得有条不紊。我去请了医生，跑了警察署，也都是按照夫人的吩咐做的。在这些程序做完之前，夫人不准任何人进入K的房间。

“K是用小刀割断颈动脉，迅疾毙命的，除此之外没有发现其他创伤。这时我才知道，刚才在恍如梦境般昏暗的灯光下所看到的隔扇上的血迹，是从他的脖颈里喷射出来的。在白天的光线下，我再次清楚地看到了那些血迹，我惊骇于人的血流竟会这般迅猛。

“夫人和我想尽办法，干脆利落地把K的房间打扫干净。幸好他流出的血大都被他的被褥吸收了，所以叠上没有多少血，清理起来没有费太大劲。我们俩把他的尸体抬到我的房间，让他像平时睡觉那样躺在那里，然后我出去给他的家人发电报。

“我回来时，K的枕边已经点上了香。刚一进屋，立刻闻到一股佛堂般的熏香味，只见夫人和小姐坐在缭绕的烟雾中。从昨晚到现在，我还是第一次见到小姐。小姐在哭泣，夫人的眼睛也是红红的。从事情发生到现在，竟忘却了哭泣的我，直到此时才终于被勾起了伤悲。我不知这痛哭流涕使自己的心情得到了多少宽慰。但是，能给予我那被痛苦和恐怖紧紧攫住的心灵一滴甘露的，正是那时的泪水。

“我默默地在她们身旁坐了下来。夫人要我也上炷香，我上过香，又默默地坐下来。小姐没有对我说什么，虽偶尔同夫人交谈一两句，也是有关眼下的一些事情，小姐此时还没有心情去谈论K生前的事。我心中暗想：没让她看见昨晚那可怕的情景，真是做对了。我担心年轻美貌的女人看到那幅可怕的景象，会伤其美色。即便我恐惧得已经毛发倒竖之时，也不能将这种念头置之度外去行事。因为对我而言，这就仿佛无缘无故地鞭挞一朵娇艳的鲜花一般，无法忍受。

“K的父兄从家乡赶来后，对于把K埋在哪里，我谈了自己的意见。K生前，我们常常一起在杂司谷一带散步，他很喜欢那一带，记得我还半开玩笑地对他说过，既然你这么喜欢这里，死后就把你埋在这里吧。我现在还在想，即便按那时的约定，把K埋在杂司谷，也算不上积多少功德。但是，我想在我有生之年，每个月都跪在K的墓前，重新忏悔一遍。也许是考虑到一直以来都是我在关照被他们抛弃的K的情分吧，K的父兄都采纳了我的意见。

51

“为K出殡回来的路上，K的一位朋友问我，K为什么自杀。自事件发生以来，我不知多少次因这个问题而倍感折磨。从夫人和小姐、故乡赶来的K的父兄，到接到讣告的朋友们，乃至和K毫无干系的报社记者，全都向我提出过同样的问题。我的良心每次都像针扎一般刺痛难耐，因为透过这一提问，我听到了一个声音：‘赶快坦白是你杀死的吧！’

“我的回答是千篇一律的，我只是重复一遍他留给我的遗书，此外一句多余的话也不说。在葬礼的归途，提出同样问题，又得到同样回答的K的朋友，从怀里拿出一份报纸给我看。我一边走，一边看他指点的地方，上面写道：‘K是因为被父兄从家里赶出来，产生了厌世的念头而自杀的。’我一句话也没有说，把报纸叠好，还给了那个人。他还告诉我，也有的报纸说，K是由于神经错乱而自杀的。因忙于丧事，近来我几乎没有工夫看报纸，所以这方面的消息一点儿也不知道，其实心里一直在担忧。我最担心报上登出那些给小姐一家添堵的消息，特别是小姐，即便只是提及小姐的名字，也是令我不堪忍受的。我问那位朋友，此外还登了什么。他说他看到的只有这两种说法。

“我搬到现在这所住宅，是在那以后不久。夫人和小姐都忌讳以前那所房子，我也是每晚都重复着那夜的回忆，不堪其苦，所以大家商量后，便决定搬家。

“搬家两个月后，我顺利地从大学毕业了。毕业后不到半年，我终于跟小姐结了婚。从表面上看，一切都如愿以偿，自然可喜可贺。无论夫人还是小姐，都沉浸在幸福中，我也觉得很幸福。但是，我的幸福却伴随着一道阴影，我想，这幸福莫非就是最终把我引向那悲剧命运的导火索。

“结婚的时候，小姐——已经不是小姐了，应该称为妻子——妻子不知怎么突然说：‘我们去给K扫扫墓吧。’我不由心头一惊，问她怎么忽然想起这个来了。妻说：‘我们一起去扫墓，K一定会高兴的。’我直勾勾地盯着一无所知的妻子的脸，直到妻子问我怎么了，才清醒过来。

“我答应了妻子的要求，两个人一同到杂司谷去了。我在K的新墓上洒了洗尘水，妻子在墓碑前供上线香和鲜花。我们低下头合掌祈祷。妻子想必是在报告和我结婚的前后经过，想让K也高兴高兴吧。我只是在心里一遍遍重复着：‘是我对不起你。’

“那时，妻子抚摸着K的墓石说：‘真气派。’其实那个墓并没有多么奢华，大概是因为我亲自到石料铺挑选碑石的缘故，妻子才这样说的吧。我望着这座新坟墓和我的新婚妻子，再联想到刚刚埋入地下的K的‘新’白骨，不能不感到命运的嘲讽。从那以后，我就绝不和妻子一起去给K扫墓了。

52

“我一直无法摆脱对亡友的这份愧疚，其实我从一开始就害怕会是这样的，就连这些年来所期望的结婚，也不能不说是在心神不宁中举行的婚礼。然而，人是无法预见自己的未来的，我也以为结婚说不定会使自己心情一转，从此步入新的生活。但是，作为丈夫，同妻子朝夕相处后，我那虚幻的希望，便在严酷的现实面前脆弱地破灭了。我和妻子在一起时，会突然感受到K的威胁，仿佛妻子站在我和K的中间，将我们连接在一起，一刻都不能分离。我对妻子没有任何不满，只是因为这种感觉而想避开她。妻子很快便察觉到了，虽然察觉了，却不知是什么缘故。于是，我常常受到她的诘问：‘你为什么老是心事重重的？有什么不满意的吗？’若能够付之笑谈，敷衍过去，倒还无事，但有时妻子会不依不饶，以至于说出‘你不会是厌弃我了吧’‘你一定有什么事情瞒着我’等怨言，每每都使我痛苦万分。

“有好几次，我都想干脆向妻子彻底坦白，可是，一到了向她倾诉的时候，就会有一股外来的力量突然跑来阻止我。你是理解我的，没有必要多解释，然而有必要交代清楚来龙去脉，因此还是在这里啰唆一下。那时候，我完全无意对妻子掩饰自己，假如我以对待亡友同样的善良之心向妻子忏悔的话，她一定会流下悲喜交加的眼泪，原谅我的过错。我之所以没有那么做，并非出于利己的考量，我只是不忍心给妻子的回忆留下一丝黑暗的印记才没有坦白的。请你这样理解，给妻子纯洁无瑕的感情冷酷地留下哪怕一滴黑渍，对我来说都是莫大的痛楚。

“过了一年，我仍无法把K忘掉，心里常常惴惴不安。为了驱逐这种不安的心情，我曾经尝试过沉溺于读书。我一头扎进书堆开始学习，盼望着有朝一日能够出人头地。然而，勉强制造出一个目标，并且勉为其难地期待着实现这个目标，纯粹是虚妄，使我心里不快。我再也无法埋头于书堆了。于是，我又抱着胳膊观望起社会来了。

“妻子以为我这样子是因为生活无忧，从而放松了对自己的要求，妻家有些财产，足以维持她们母女俩的生活开销，而我的境况也是不用出去工作亦可度日，所以妻子这么想也很自然。虽说我也不无被骄纵之感，但是，我不做事的主要原因根本不在这里。当初受到叔叔的欺骗后，我深切感到人是不可信赖的，但正因为认为别人是恶的，才觉得自己还是清醒的。我总是怀有一种信念，不管世人如何，自己必定要洁身自好。但是当我意识到，这种信念已由于K的自杀而幻灭，自己也和叔叔是一样的人时，我突然感到困惑了。一向厌恶别人的我，对自己也厌恶起来，从而陷入了绝望。

53

“既然没能使自己沉溺于书堆中，有一段时间，我又试图让心灵浸泡在酒精里，以求忘却自我。我本不爱喝酒，却是天生能喝酒，因此我就想借酒来灌醉自己的灵魂。这种浅薄的权宜之计，没过多久就使我变得更加厌世了。当我喝得烂醉的时候，会突然意识到自己的处境。自己这般借酒浇愁，无异于自欺欺人的蠢货。于是，我战栗了，眼睛和心灵也随之清醒了。有时候无论怎么喝，都装不出佯狂之态来，只是一味地消沉下去。即便用这些手段换来一时的痛快，而后必然会陷入更严重的忧郁之中。因为在自己最心爱的妻和她母亲面前，我必须时刻这样表现，而她们则是从女人的角度来解释我的所作所为。

“岳母常常对妻子说些对我不满的话，妻子都没有告诉我。但是，妻子也觉得不说我几句，自己便受不了似的。说是责备，语气并不严厉，所以无论妻子说我什么，我都没有生气过。她常常恳求我，有什么不顺心就痛痛快快地告诉她。她还劝我，为了自己的前途，赶快把酒戒了。有时还哭哭啼啼地说：‘你最近好像变了个人。’如果只说这些倒也罢了，她还说：‘倘若K活着，你也不会变成这样子的吧。’‘也许吧。’然而，我回答的意思同她理解的意思完全不同，因此我心里愈发悲伤。尽管如此，我仍然不想对妻子做任何解释。

“我常常向妻子道歉，大多是喝醉了，很晚回家的次日早上，妻子有时只是笑笑，有时默默不语，也有时眼泪涟涟。无论妻子是什么反应，我都非常痛苦，所以我向她认错，即是向自己认错。后来我到底戒了酒，与其说是由于听了妻子的劝，不如说是自己感到厌恶更恰当。

“酒虽然戒了，我却什么也不想做。没有办法，我只好又开始读书，但看不了几页就放下了。妻常问我为什么读书，我只能报以苦笑。每当我想到，连这世上自己最亲近的人都不能理解自己时，便悲伤起来，一想到尽管有办法使她理解自己，却又拿不出那份勇气，就越发悲伤。我感到异常孤独，常常觉得只有我一个人住在这荒无人烟的世界上。

“同时，我反复思索着K的死因，也许是当时我的头脑只被一个情字所支配的关系吧，我的看法可以说是简单而直接的。我马上认定K是因为失恋而死。然而，当我的心情渐渐平静下来，再三思索，便发觉事情并非那么简单。那么是由于现实与理想的冲突？这个解释仍不足以说明问题。最后我产生了这样的疑问，莫非K也和我一样，是由于孑然一身，孤独无助，才突然选择死的？我不禁一阵战栗。因为有种预感已经不时地像风一般掠过我的心头——我也和K一样，正走在他所走过的那条不归路上。

54

“不久，岳母病倒了。请来医生检查后，下了无法治愈的诊断。我尽心竭力地护理岳母，这样做既是为了病人，也是为了我的爱妻，但从更高的意义上来说，乃是为了人。迄今为止，我一直想要尽力做点儿什么，可是由于什么也干不成，才不得不袖手旁观的。与社会隔绝的我，就是从这时候开始，第一次产生了想主动做一点儿好事的念头，我是被所谓赎罪的心理支配着这么做的。

“妻子的母亲死了，家里只剩下了我和妻子两个人。妻子对我说：‘从今往后，我在这世上可以依赖的就只有你一个人了。’连自己都不能信赖的我，望着妻子的脸不由得热泪盈眶。心里想，你真是个不幸的女人，甚至还把这句话说了出来。妻子问我为什么这么说，她不理解我的意思，我也不能给她做出解释。妻子哭了，她误会我平时一向用乖戾的眼光看她，所以才会这么说。

“岳母去世以后，我尽量温柔地对待妻子。这不仅仅是出于对她的爱，在我的温情中，似乎还有着超越某个人的更为广阔的背景。同看护岳母时的心情一样，我的心有了活力，妻子看起来很满足。但是，那满足之中似乎又隐含着因不能理解我而产生的淡淡阴影。即便妻子理解了我，这种不满足的情绪也不会减少多少，因为，我认为比起来自伟大的人道立场上的爱来，即便稍稍不合情理，女人也喜欢只专注于自己的温柔之情，这种天性女人比男人似乎更强一些。

“一次，妻子说，男人的心和女人的心难道就不能紧紧贴在一起吗？我模棱两可地答道，只有年轻的时候才可能吧。妻子像是在回想自己年轻的时候，然后发出了一声轻轻的叹息。

“从那时起，我心中常常闪过一个可怕的影子，起初是偶然从外面袭来的。我惊骇了，战栗了。可是不多久，我的心仿佛与那可怕的影子呼应起来。后来，即使没有来自外界侵扰，我也觉得它从自己一出生，就潜伏在自己内心深处了。每逢有这种感觉时，我就怀疑自己的大脑是不是出了什么毛病。但是，我并不想请医生或其他什么人来给我诊断。

“我深深感到，人是罪孽深重的。这种负罪感驱使我每月都去为K扫墓，使我精心护理妻子的母亲，并且命令我温柔地对待妻子。由于这种负罪感，我甚至恨不得让不相识的路人鞭挞我一顿。这样度日如年地苟活着，又觉得与其让别人鞭挞，不如自己鞭挞自己，进而又产生了与其自己鞭挞自己，还不如自己杀死自己的念头。没有办法，我只好下决心让自己心如死灰地活下去。

“我下了这样的决心，至今不知多少年了，我和妻子一直恩恩爱爱地生活到现在。我们绝不是不幸的一对，而是很幸福的。但我内心的这一隐痛，这一重负，又似乎总是给妻子造成某种阴暗的感觉。一想到这里，我就觉得很对不起妻子。

55

“抱着已死之心苟活于世的我，时常由于外界的刺激而跳动起来。但是，每当我决心朝某个方向冲去的时候，便有一股可怕的力量从某处钻出来，紧紧地攥住我的心，使我丝毫动弹不得。而且，那个奇怪的力量似乎在对我说：你是个没有资格做任何事情的人。因这一句话，我顿时就泄了气。过一段时间，我重新振作时，又被它死死地扼住了，我咬牙切齿地怒喝道：你为什么总是挡着我？那奇怪的力量冷笑着说：装什么蒜，你心里明白得很！我便又泄了气。

“我想让你知道，多年来，我一直过着波澜不惊、平淡无奇的单调生活，而内心却经受着这样痛苦的战争，不等妻对我感到不满，我已不知苛责过自己多少次了。当我在这间牢房里无论如何得不到安宁，又无论如何也冲不出去的时候，便发觉对懦弱的我来说，最容易办到的事，就只有自杀了。也许你会瞪大眼睛问我为什么这么说，因为那股常常来揪住我的心的神秘而可怕的力量，尽管封住了我各个方面的出路，却为我敞开了一条通往死亡的路。我若是一直蜷缩不动，则另当别论，但只要想动一动，那么除了走这条路，我别无选择。

“时至今日，我已经有两三次想要在命运的指引下，走向极乐世界。但是，每次都割舍不下妻子。当然，我没有把妻子一同带走的勇气，连向妻子坦白真相我都做不到，更何况夺走妻子的天年，让她为我的命运殉葬这样残忍的事情，想想都心惊肉跳。正如我有我的宿命一样，妻也有妻的命运，把两个人绑在一起去火化，于情于理都只能使我觉得残忍之极。

“同时，一想到我死之后妻子的境况，实在可怜。岳母死时，妻曾对我诉说过‘从今往后，我在这世上可以依赖的就只有你一个人了’，这句话让我刻骨铭心。这让我一直犹豫不决，有时望着妻子的脸，也想过幸好没有走绝路，于是又放弃了这个打算。因此妻子常常以不满的眼光望着我。

“我就是这样生活过来的，在镰仓同你初次相遇时，和你一起在郊外散步时，我的心情都没有多大变化，我的身后总跟着一条黑影。我仿佛是为了妻子才苟延残喘地活在世上似的。你毕业后回家乡的时候，也是如此。我跟你约定在九月相见，并没有说谎，那时真的想再见到你。我想秋天过去，还有冬天，就是冬天过去了，我也是想见到你的。

“在炎热的盛夏，明治天皇驾崩了，那时我觉得，明治精神始于天皇，也终于天皇。我强烈地感到，受明治精神影响最深的我们这代人，即便继续活下去，也毕竟是落后于时代的。我照直对妻这样说了。她笑了笑，没有回答，然后不知想起了什么，突然调侃般地对我说：‘那你可以去殉死呀。’

56

“我几乎忘记了‘殉死’这个词。因为平时用不上，所以沉淀在记忆的底层，似乎快要腐烂了，听到妻的调侃，我才想起它来。我回答妻子，倘若真能殉死的话，我就准备为明治精神殉死。当然，我的回答也不过是个玩笑，但那时，我似乎感觉到这个陈腐不堪的词，被赋予了新的含意。

“过了一个月左右，在天皇大葬之夜，我像往常一样坐在书房中，聆听着丧礼的炮声。我觉得那炮声犹如在宣布明治时代一去不复返了。后来才想到，这炮声也成了乃木大将永辞人世的讣告。我拿着号外，忍不住对妻子说：‘殉死吧！殉死吧！’

“我在报上读到了乃木大将临死前写下的遗书，其中有一段话大致意思是：自从西南战争[①]时被敌人夺去军旗以来，一直想要以死谢罪，却苟活到了今天。读到这段时，我不由得屈指算了算乃木先生决心一死却活到今天是多少年。西南战争爆发在明治十年，所以到明治四十五年时，相隔了三十五年之

① 西南战争：发生于1877年，是以明治维新功臣之一的西乡隆盛为代表的封建势力发动的反明治维新的叛乱，于当年失败。

久。由此看来，在这三十五年当中，乃木先生一直等待着死的时机。我想，对他来说，是活三十五年痛苦呢，还是把刀刺入胸中的一刹那间痛苦呢？

“又过了两三天，我终于下决心自杀，正如我不理解乃木先生为什么自杀一样，也许你也不会真正理解我自杀的道理。倘若如此，便是由时代变迁造成的人与人的差异，亦是无可奈何。或许说成是个人的天性不同更确切些吧。总之，为了让你能够理解我这个不可思议的人，我已经尽我所能把一切都告诉你了。

“我要留下妻子走了。幸运的是，我死之后，妻子也不会生活无着。我不想让她经受恐怖的惊吓，不想让她目睹死亡的血腥。为此，我打算在她不知道的时候，悄然离开这个世界。我希望她以为我是突然死亡的，哪怕她认为我疯了，我也心满意足。

“我下决心去死之后，已过去十多天了，但是你要知道，这大部分时间是用于给你写这篇长长自传的一部分。起初我想同你见面再谈的，但动笔之后，反而觉得这样更能清晰地描绘出自己，感觉心情很愉快。我并非心血来潮随笔一写，我想把造就了我这个人的、只有我才能讲出来的经历，作为人类经验的一部分，毫无虚饰地记录下来。我的这番努力，对于认识人性、对于你、对于其他的人，都不会是徒劳吧。前几天，我刚刚听到一个关于渡边华山[①]的故事，他为了画完《邯郸一梦

① 渡边华山（1793—1841）：日本学者、政治家、画家，幕末藩士。

图》[1]这幅画，将自杀时间推迟了一个星期。在一般人看来，也许会说这是多余的，而对他本人来说，自有他对自己的要求，也可以说是不得已的吧。我所做出的这些努力，也不仅仅是为了履行对你的承诺，一多半还是对自身的要求导致的结果。

“现在我完成了自身的这个要求，再也没有什么要做的事情了。这封信到达你手里的时候，我大概已经不在这个世上，早已死去了。大约十天前，妻子去了住在市谷的婶母家，是我劝她去的，妻子说婶母生病，需要人去照顾。妻子不在家的时候，我写了这封长信的大部分内容。每当妻子隔三岔五回来时，我就马上把信藏起来。

“我打算把我的过去，无论是善还是恶，全都提供给人们作为参考。但是，你需明白，只有我妻子一个人例外，我什么都不想让她知道。因为，让妻子对我的过去尽量保有一份纯洁的回忆，是我唯一的愿望。所以，我要拜托你，即使在我死后，只要我的妻子还活着，你就把它们作为我只告诉你一个人的秘密，全部埋藏在你的心底吧。”

---

① 《邯郸一梦图》：华山按照邯郸之梦的故事画了此图，并留下五封遗书后，于1841年10月11日自杀。此画可以说表现了华山临死前的心境。